Sólrún Michelsen

Tanz auf den Klippen

Sólrún Michelsen

Tanz auf den Klippen

Roman

Aus dem Färöischen
von Inga Meincke

Unionsverlag

Die Originalausgabe erschien 2007 unter dem Titel
Tema við slankum im Verlag
Mentunargrunnur Studentafelagsins, Nivå.
Die Übersetzung wurde vom Deutschen Übersetzerfonds und vom
Färöischen Kulturfonds (Mentanargrunnur Landsins) gefördert.

Im Internet
Aktuelle Informationen, Dokumente, Materialien
zu Sólrún Michelsen und diesem Buch
www.unionsverlag.com

Rieterstrasse 18, CH-8027 Zürich
Telefon +41 44 283 20 00, Fax +41 44 283 20 01
mail@unionsverlag.ch

Umschlaggestaltung: Martina Heuer, Zürich
Umschlagbild: Bildersommer (Katja Sturm)
Druck und Bindung: CPI – Clausen & Bosse, Leck
ISBN 978-3-293-00482-5

Inhaltsverzeichnis

Erster Teil

Zweiter Teil

Dritter Teil

Erster Teil

Das Mädchen

Sie war ein Jahr älter als ich, und ihre Welt war interessanter als meine, denn sie war in einem großen Schuppen eingesperrt.

So für sich genommen war das noch nicht sonderlich abenteuerlich. Aber ihr Vater, ein alter Mann mit grauem Stoppelbart und Brille, hatte fast das ganze Grundstück rund um das Haus mit dem Schuppen überbaut.

Es war kein Schuppen, wie wir ihn kennen. Wände und Dach waren aus rostigen Wellblechplatten, und er war unfassbar groß. Erstreckte sich ins Unendliche. Wirklich außergewöhnlich aber war, dass er keinen Fußboden hatte. Stattdessen waren da große Felsbrocken, Gras, ein kleiner Hügel.

Einen großen Felsen unter einem Dach hinunterzurutschen, das hatte etwas.

Aber dunkel war es da drin. Halbdunkel jedenfalls. Nur durch das Holzgitter an der Vorderseite fiel etwas Licht. Da, wo sie stand und hinausschaute. Es war so, als würde man abends draußen spielen, und doch irgendwie anders.

Ganz hinten im Schuppen waren zwei kleine Räume. Dort standen einige große, schwarze Holzfässer, ihre Reifen waren rot vor Rost. Ein übler Gestank ging von ihnen aus, und im Sommer summte ein riesiger Schwarm dicker schwarzer Schmeißfliegen um sie herum.

Sie hatte Spaß daran, mit lauter Fliegen in der Hand herumzulaufen, das surre so lustig, meinte sie. Dann zerdrückte sie sie und holte sich eine neue Handvoll.

Den Kindern, die zum Spielen kamen, streckte sie die Hand mit den Fliegen ins Gesicht. Manche fürchteten sich vor den Fliegen und blieben in der Fliegenzeit weg, doch dann grub sie Regenwürmer und Spinnen aus. Das Einzige, was half, war, selbst einige Fliegen in der Hand surren zu lassen.

Dann verlor sie das Interesse.

Einmal hob ich den Deckel von einem der großen Fässer an und schaute hinein, aber ich konnte nichts sehen, nur eine schwarz glänzende Wasseroberfläche, auf der tote Fliegen schwammen. Ich fragte sie, was in den Fässern sei, aber sie zuckte nur mit den Achseln.

Sie freute sich, wenn wir zum Spielen kamen. Wir waren immer mindestens zu zweit, allein trauten wir uns nicht recht. Wenn wir nun eingesperrt würden und keiner wusste, wo wir waren? Von außen konnte man nicht hineinsehen, ihr Vater hatte einen hohen rostigen Zaun um das ganze Grundstück gezogen und die Innenseite mit rostigen Wellblechplatten verkleidet, die er mit seltsamen Mustern bemalte.

Selbst wenn es uns gelungen wäre, auf andere Weise aus dem Schuppen zu kommen als durch die Tür mit dem Vorhängeschloss – von hier gab es keinen Ausweg, das wussten wir aus Erfahrung. Wir kamen nicht über den Zaun, ohne uns Kleider und Hände aufzureißen.

Wir gingen hin, wenn wir uns langweilten und uns nichts Besseres einfiel.

Immer wenn wir in die Nähe des Hauses kamen, spürten wir eine leise Angst in uns aufsteigen.

Wir öffneten die Gartenpforte und ließen sie hinter uns ins Schloss fallen. Keine andere Pforte machte so ein Geräusch. Wir blieben stehen und sahen uns schweigend an. Noch war Zeit, umzukehren. Dann gingen wir zögerlich weiter den schmalen Gang entlang, der zum Schuppen führte.

Wir sahen ihre Finger, die die Gitterstäbe umklammerten. Beim Näherkommen sahen wir auch ihre Augen aufleuchten. Sie sagte kein Wort.

Der Schuppen grenzte dicht ans Haus. Vom Gitter, wo sie stand, bis zu der kleinen Treppe, die zur Haustür führte, waren es gerade vier Schritte. Hier zögerten wir wieder einen Moment, klopften an und hofften, dass es die Frau war, die öffnen würde. Sie war alt und grauhaarig wie ihr Mann. Wir sahen sie nie lächeln. Sie hatte die grauen Haarsträhnen im Nacken zu einem kleinen Knoten zusammengesteckt und einen Gesichtsausdruck, als trauerte sie um jemanden. Auch ihre Stimme klang leidend.

Aber das war immer noch besser, als wenn er an die Tür kam. Er hasste Kinder. Er sprach nicht. Er zischte. Er schien keine Zähne mehr zu haben, die Wangen mit den grauen Bartstoppeln waren eingefallen. Die eine war dunkler als die andere. Er trug eine Brille mit starken Gläsern. So stark, dass wir nie seine Augen sahen. Er hatte immer eine Schirmmütze auf. Vielleicht schlief er auch damit.

Meistens knallte er die Tür zu, ohne uns einer Reaktion zu würdigen.

Wenn die Frau aufmachte, fragten wir, ob wir zum Spielen in den Schuppen dürften. Sie seufzte nur und trocknete sich die Hände an der Schürze ab, nahm den Schlüssel vom Nagel, sperrte das große schwere Vorhängeschloss auf und ließ uns zu ihr hineinschlüpfen. Dann schloss sie wieder ab.

Erst wenn wir ganz drinnen waren und sich die Tür wieder geschlossen hatte, ließ das Mädchen das Holzgitter los. Man wusste nie, wie sie sich aufführen würde. Vorsichtig sahen wir einander an. Ein seltsamer Ausdruck lag in ihren Augen. Sie schien nicht zu wissen, ob sie vor Freude tanzen oder uns zum Weinen bringen sollte. Gleichzeitig ahnte sie, dass wir dann so bald nicht wiederkämen. Sie gab sich einen Ruck, und wir spielten.

Das war ihr Element. Sie bestimmte, was gespielt wurde und wer was machen sollte. Einer blieb immer außen vor und musste zugucken. Das machte uns nichts aus, es war nicht persönlich gemeint.

Wenn sie böse auf uns wurde, konnten wir nicht

einfach weg. Manchmal standen wir lange rufend am Gitter, bis jemand kam. Vielleicht hörten sie uns nicht. Vielleicht fanden sie es gut, dass Besuch im Schuppen war.

Einmal fragte ich sie, warum sie eingesperrt sei.

»Ich laufe weg«, sagte sie und wollte nicht weiter darüber reden.

Ins Haus kam sie nur zum Essen und Schlafen. Jedes Mal, wenn sie wieder zurücksollte, versuchte sie zu fliehen. Sie zappelte und schrie. Sie wurde mit Gewalt festgehalten und wieder in den Schuppen gezerrt. Sie weinte kurz, dann verstummte sie.

An manchen Tagen, nicht oft, gelang es ihr, überraschend zuzubeißen und sich loszureißen. Dann rannte sie weg, so weit ihre Beine sie trugen.

Und das war weit.

Ihr Vater wollte dann von uns wissen, wo sie sich versteckte. Wir warteten immer, bis es fast dunkel war.

Nach so einem Tag weinte sie besonders viel, und wir durften nicht zum Spielen hinein. Aber wir hatten auch überhaupt keine Lust dazu. Wir wussten, dass sie schlechter Laune war.

»Kannst du nicht aufhören, wegzulaufen?«, fragte ich von der anderen Seite des Gitters.

»Nein«, antwortete sie.

Die frisch gewaschene Wäsche hing reglos hinten im Dunkel des Schuppens. Ihre Mutter hängte sie am Abend auf, wenn das Mädchen in seinem Zimmer eingesperrt war.

Es war noch kaum Abend, wenn sie ins Bett musste. Wir spielten draußen auf der Straße. Rannten hin und her, schrien und lachten. Sie schlief nicht. Sie stand auf dem Fensterbrett und klopfte in einem fort gegen die Fensterscheibe.

Die Jungen fanden das lustig, weil sie nur Unterwäsche anhatte. Also versammelten wir uns unter dem Fenster, und sie lachte und zog das Unterhemd hoch und zeigte uns ihren Bauch. Wenn wir keine Lust mehr hatten, fing sie wieder an, gegen die Scheibe zu klopfen. Manchmal zog sie auch die Unterhose runter. Das gab ein großes Gejohle, bis ein Arm sie vom Fensterbrett herunterriss. Sie schrie, und wir rannten weg.

Einmal nahm ich allen Mut zusammen und ging allein in den Schuppen. Wir spielten einige Stunden, aber als ich sagte, dass ich jetzt gehen müsse, wurde sie böse. Sie war größer und stärker als ich. Sie zog mich ganz nach hinten zu den Fässern, presste mich in eine Ecke und sagte, dass ich hier nie wieder rauskommen würde. Als ich weinte und schrie, schüttelte sie mich und sagte, sie würde mich in eines der Fässer stecken, wenn ich nicht still sei.

»Das Wasser ist eiskalt«, fügte sie hinzu.

»Da.« Sie schnappte meinen Arm und steckte ihn in das eiskalte stinkende Wasser.

»Siehst du. In den Fässern liegt wer. Deshalb stinken sie so. Da liegen alle, die nicht mehr weiterspielen wollten.«

Als ich verstummte, trocknete sie die Tränen auf meinem Gesicht und sagte freundlich: »Es nützt sowieso nichts. Niemand hört dich. Ich rufe die ganze Zeit. Da ist keiner, der etwas hört.«

Dann setzte sie sich neben mich, nahm meine Hand, hielt sie fest in beiden Händen und summte vor sich hin. Nach sehr langer Zeit sagte sie: »Es ist besser, zu zweit zu sein.«

Die Zeit kam mir vor wie eine Ewigkeit. Wie ich aus dem Schuppen herausgekommen bin, weiß ich nicht mehr, aber ich habe ihn nie wieder betreten.

Sie durfte raus, als sie sieben war, doch sie traute sich nicht auf die Straße. Blieb hinter der Gartenpforte stehen, die ebenfalls ein Holzgitter hatte.

Es dauerte eine ganze Weile, bis sie die Angst so weit aus ihr rausgeprügelt hatten, dass sie das kurze Stück zur Schule gehen konnte.

Der Vater

Er war nicht wie andere Väter. Er stahl. Darüber wurde nicht gesprochen. Nur geflüstert.

Er sammelte alles, was er in die Finger bekam. Er hatte etwas von einer Ratte an sich, wie er so mit verschlagenem Blick in seinem grauen Mantel umherschlich.

Wenn das Wetter stürmisch war, ging er hinunter an den Strand und suchte nach Treibgut. Verschwand zwischen den großen nassen grauen Steinen am Wasser und bewegte den Kopf hin und her, der zwischen den hochgezogenen Schultern kaum zu sehen war. Die Augen hinter den dicken Brillengläsern hielten nach Strandgut Ausschau.

Er schleppte merkwürdige Dinge nach Hause und bewahrte sie im Schuppen auf. Warf sie auf den Haufen, der immer größer wurde. Nie schmiss er etwas wieder weg. Deshalb musste er den großen Schuppen ständig erweitern. Den Grund einhausen.

Ganz oben auf dem Haufen lag ein Totenkopf. Der Kopf hielt Wache, und wir trauten uns nicht in seine Nähe. Das Mädchen, das im Schuppen eingesperrt war, sagte, dass der Haufen ihr gehöre.

Sie könne nehmen, was sie wolle, und damit spielen. Wir durften nichts anrühren. Sie fürchtete sich nicht davor, den Kopf anzufassen und in der Hand zu halten.

Es gefiel ihr, dass wir uns vor dem Totenkopf fürchteten. Vor vielen Jahren sei er eine schöne Frau gewesen, flüsterte sie mir einmal zu. Manchmal würde die Frau mit ihr sprechen. Aber nur, wenn sie allein sei. Die Frau heiße Elisabeth, sagte sie.

Sie nannte ihn nicht Vater. Sagte nur *er*. Sie erstarrte zu Stein, wenn er in den Schuppen kam, während wir da waren. Auch wir gaben keinen Mucks von uns. Keiner sagte ein Wort. Erst wenn er wieder draußen war und das Vorhängeschloss abgesperrt hatte, rief sie ihm Flüche hinterher. Dann spielten wir weiter.

In einer Ecke des Schuppens lagerte er einen großen Stapel verrosteter Wellblechplatten, weil er die Stellen, die durchgerostet waren, ausbessern musste und ständig anbaute.

Er war, wie gesagt, enorm groß, dieser Schuppen. An einigen Stellen standen Pfosten, um das Dach abzustützen. Es gab auch zwei kleine Räume. Der eine war mit einem Vorhängeschloss abgesperrt. Darin hatte er eine Zeit lang Hühner gehalten, aber die Dunkelheit gefiel ihnen nicht. Sie starben.

Da weinte sie.

Ich sollte für den Kaufmann Ware austragen. Ich klopfte an. Niemand antwortete. Ich drückte die Klinke herunter, obwohl ich davon ausging, dass die Tür abgeschlossen war. Sie war es nicht. Vorsichtig öffnete ich sie.

Der Geruch des Hauses schlug mir entgegen. Es roch wie die beiden. Ich sah mich um. Alles sah ganz normal aus. Ich machte die nächste Tür einen Spalt weit auf – und da stand er. Völlig reglos, ein seltsames Lächeln um den eingefallenen Mund. Die starken Brillengläser sahen wie Fliegenaugen aus. Ich ließ den Karton fallen, auf dem Weg nach draußen stürzte ich.

Er war ein Schleicher. Niemand mochte Schleicher, weil man furchtbare Angst bekam, wenn man im Dunkeln oder hinter einer Häuserecke plötzlich einen entdeckte. Einen, der einfach nur dastand und vor sich hinstierte.

Wenn er zu Hause war, lauerte er hinter dem dunklen Fenster. Wir sahen das endlos flackernde Licht der Straßenlaterne in seinen Brillengläsern aufblitzen. Manchmal, wenn wir mutig waren und lange genug warteten, sahen wir auch ein kleines rotes Auge auftauchen und wieder verschwinden.

Einmal hatten wir im Schuppen mit dem Mädchen gespielt, da schrie er, wir hätten etwas aus dem Haufen gestohlen. Seine Stimme klang dünn und heiser wie die einer alten Frau.

Vater begegnete ihm tags darauf, als er von der Arbeit zurückkam. Er legte das Fahrrad am Straßenrand hin, packte den grauen Mantel und hob den Mann in die Luft, bis der oberste Knopf mit Nase und Brille auf einer Höhe war. Dann sagte er mit ganz ruhiger Stimme, dass er andere Saiten aufziehen würde, wenn ein so elender Dieb wie er es noch einmal wagen sollte, einen der Seinen des Diebstahls zu bezichtigen …

Mehr sagte er nicht. Schüttelte ihn ein wenig und ließ ihn wieder runter.

Das Mädchen und seine Mutter schliefen oben im Dachgeschoss. Ihre Zimmer lagen auf der anderen Seite. Sein dunkles Fenster ging zu uns hin. Wenn er, was nicht häufig vorkam, das Licht anmachte, sprang es zu mir ins Zimmer auf den Fußboden. Dann stand ich auf und ging über die großen Vierecke ans Fenster und schaute hinüber ins Licht, wo er auf und ab stapfte, auf und ab, die Hände hinter dem Rücken.

Auf einmal blieb er stehen und starrte hinaus in die Dunkelheit, er füllte das ganze Fenster aus, ich machte einen Satz rückwärts, mein Herz klopfte. Lange blieb er so stehen, als wartete er sehnsüchtig auf etwas, das nur er sehen konnte.

Als mein Vater sagte, dass es in der Fischfabrik jetzt keine Arbeit mehr gäbe, wusste ich, das Licht würde kommen. Der große Schatten lief über die hellen Vierecke hin und her und die Wand hinauf.

Während ich darauf wartete, dass das Fenster vom Zimmerboden verschwand, kroch mir die Kälte die Beine herauf, ich bekam eine Gänsehaut. Dann wurde es stockfinster. Ich sah nichts als gelbe Punkte vor den Augen und machte die Zimmertür noch etwas weiter auf, damit ich Vater atmen hören konnte. Da gab es so vieles in der Nacht, das nicht geheuer war. Die Leute sagten, jemand käme die Menschen holen, während sie schliefen. Ich wartete noch eine Weile. Dann sah ich, wie ein Schatten ins Dunkel hinausschlich. Etwas später kam er zurück.

Er trug etwas in den Armen.

Jeden Morgen ging er zur Arbeit, in seinem weiten Mantel, grau und gebückt. Auch wenn es keine Arbeit gab.

Jeden Abend kam er um die gleiche Zeit nach Hause. Ging grußlos an dem Mädchen vorbei, das sich am Holzgitter festhielt und hinaussah. Er blieb stehen. Sie starrten sich an, und die Finger des Mädchens klammerten sich noch fester an die Stäbe. Dann lachte er höhnisch, wandte sich ab, ging ins Haus und warf die Tür zu.

Die Haustür war immer zu und verriegelt. Auch im Sommer.

Abends kam er aus dem Keller gekrochen, schlug Nägel in die rostigen Wellblechplatten des Schuppens und dichtete die Risse ab. Dann übermalte er sie.

Sein Mund bewegte sich in einem fort. Er hatte keine Lippen, und was er sagte, war nicht leicht zu verstehen. Er stieß Flüche und Verwünschungen aus, weil wir ständig neue Löcher machten, damit wir hineinsehen konnten und sie hinaus.

Wir standen auf der anderen Seite des Zauns in Sicherheit und lauschten zitternd den fremden Flüchen und Ausdrücken. Nahmen sie in den Mund und wiederholten sie vorsichtig.

Er besaß ein flaches Brett mit schmalem Handgriff. Damit schlug er auf die Gitterstäbe, wenn das Mädchen nicht hineinwollte. Sie warf ihm all seine Verwünschungen an den Kopf, rief seinen Namen dazwischen. Er schlug auf die Finger, die nicht loslassen wollten. Sie klammerte sich fest und weinte.

Bis zu jenem hellen Sommerabend, an dem es ihr gelang, das festgemalte Fenster ihres Zimmers aufzutreten.

Da saß sie im Dachgeschoss auf dem Fensterbrett und baumelte mit den Beinen im Freien.

Sie lachte.

Fías Maschine

Mutter sang mir das Lied von der Küstenseeschwalbe vor, und als sie zur letzten Strophe kam: »Nicht in der Näh' mehr schiene …«, da sah ich das Ganze vor mir, ich legte unter der Decke die Hände auf der Brust zusammen und dachte *daran*.

Ich sah Fías Wohnzimmer, wo die Maschine stand. Durch das große Eckfenster fiel das Sonnenlicht in breiten Streifen voller tanzender Punkte.

Fía rauchte Zigarre, und der Rauch schwebte im Zimmer. Der Boden war mit Fäden und Stofffetzen in allen möglichen Farben übersät. Wir zogen die Schuhe aus, auch wenn Fía sagte, dass das nicht nötig sei.

Beim Weggehen hatte ich Fäden an den Strümpfen. Mutter nicht, sie hatte Nylonstrümpfe an, die zum Maschenaufnehmen im Seifenhaus gewesen waren. Ein Zeh stieß immer ein Loch hinein, und dann fingen die Maschen zu laufen an. Fía nähte.

»Herein«, rief sie. Ihre Stimme klang merkwürdig, weil sie immer Nadeln im Mund hatte. Sie kurbelte nicht, sie trat mit dem Fuß. Ihre Nähmaschine war etwas Besonderes. Oben sah sie wie Mutters aus, unten aber hatte sie bis zum Fußpedal ein schwarzes Gestell aus schönen geschwungenen Mustern. Der Fuß bewegte sich auf und ab. In meiner Vorstellung saß Fía Tag und Nacht so da. Wie die alte Frau in Dornröschen.

»Halt dich gerade«, sagte Mutter jedes Mal, wenn sie mit mir in die Stadt ging.

Ich sollte ein Weihnachtskleid bekommen. Den Stoff sollten Mutter und ich »bei den Krähen« kaufen. Ich sah die Frauen an. Mutter meinte, das sei nicht böse gemeint.

Die Erwachsenen waren seltsam. Sie sagten auch »bei den Wichteln«. Da war es düster und dunkelbraun, aber es gab dort Haarspangen zu kaufen. Sie lagen in der Ladentheke, die einen Glasdeckel hatte, sodass man hineinsehen konnte. Sie waren so schön. Auf einigen saßen Schmetterlinge und Marienkäfer. Ich ging sie anschauen, sooft ich konnte. Suchte mir jedes Mal eine andere aus. Die Frau in dem gemusterten dunkelbraunen Pullover kam aus dem Dunkel hervorgeschlurft und ließ mich eine Weile schauen, bis sie es leid war.

Sie waren freundlich, diese Krähen. Die Wände waren zerrissene Regenbogen aus Farbe. Ich suchte mir einen Stoff aus, der wie Gold glänzte, aber Mutter nahm einen grau-rot karierten. Der andere sei für Ballkleider, sagte sie. Ich wünschte mir ein Ballkleid, doch Mutter merkte es nicht und unterhielt sich einfach weiter mit der älteren Krähe, die den Stoff mit einem Stab abmaß und abschnitt. Die Schere biss sich durch den Stoff wie ein Krähenschnabel. Nicht da, wo die Karos aufeinanderstießen, sondern mitten durch sie hindurch.

Dann gingen wir zu Fía.

Sie rief aus den Mundwinkeln »Herein« und dass wir die Schuhe anlassen sollten.

»Zieh du deine aus«, sagte Mutter. Sie behielt ihre diesmal an, weil sie das Loch am Zeh notdürftig selbst gestopft hatte.

Fía hatte große Zähne und ein lautes Lachen.

»Sie arbeitet wie ein Pferd und ist immer guter Dinge«, sagte Mutter. »Das muss sie auch, bei dem Mann«, fügte sie hinzu.

»Zieh dein Kleid aus«, sagte Fía. Dann stand ich im Leibchen da und genierte mich. Es hatte graue Gummibänder, um die Strümpfe hochzuhalten. Im Strumpf ein loser Knopf, drumherum das Gummiband. Ich musste ganz still stehen, damit sie mich nicht mit den Stecknadeln stach, die sie aus dem Mund nahm. Das halb fertige Kleid roch nach Zigarrenrauch. Sie beachteten mich nicht. Ich flüchtete mich zwischen die Punkte der Sonnenlichtstreifen, ich konnte ja nicht die Augen zumachen, und sie kam mir so nah mit ihren großen Zähnen. Ich dachte an den Jungen, der mit dem Schiff fortgefahren war und nun auf der anderen Seite des tiefen grünen Meeres ganz allein war, und mein Herz bebte.

Da sagte sie es:

»Einen Busen hast du ja nicht, darüber müssen wir uns also nicht den Kopf zerbrechen.«

Sie steckte Nadeln unter meinen Arm. Ich schämte mich so sehr, dass ich aus meinen Gedanken fiel und zu schlucken vergaß. Ich sah verstohlen zu Mutter hinüber, doch sie und Fía lachten nur.

»Ach ja. Kommt Zeit, kommt Rat. Da brauchst du dir jetzt noch keine Sorgen zu machen.« Und dann lachten sie wieder.

Das Mädchen war neun, als sie einen Busen bekam. Sie war ein Jahr älter als ich. Als sie sich endlich raustraute, hielt sie sich an mich. Manchmal war mir das recht.

Wir saßen auf dem Dach unseres Schuppens und strickten. Meine Finger schwitzten, mein Blick und die Maschen waren fest auf die Nadeln geheftet.

»Ich habe Arni geküsst«, sagte sie und strickte, als gelte es ihr Leben. »Vielleicht bin ich schwanger.«

»Was?« Ich ließ eine Masche fallen.

»Ja, wer weiß? Meine Mutter sagt, das passiert, wenn man sich küsst. Ich frage ja nur. Wer wird dann bezahlen?«

»Was bezahlen?«

»Na, ich weiß nicht. Ich frage ja nur.«

Die Kleinen

Über der ersten Freude lag ein Schatten. Ich wusste ja, dass sie nicht leben durften. Vater brachte es nicht übers Herz, also bat er den Mann mit der Baskenmütze, es zu tun.

Fías Mann.

Wir waren ständig im Schuppen. Sie waren so klein und süß, wie sie da auf dem alten Handtuch lagen, das Mutter in eine Pappschachtel gelegt hatte, noch ohne Augen. Ein Schwarzes und vier Getigerte. Ihre Stummelschwänze standen in die Höhe, und sie kletterten übereinander, dabei maunzten sie kläglich, als ahnten sie etwas.

Die Tigerkatze hatte ängstliche Augen. Es war nicht ihr erstes Mal. Als ich eines auf den Arm nahm, krallte es sich an den Pullover und kletterte ganz bis nach oben unter mein Kinn. Da war es ruhig.

Sie kriegten kleine Augen, die begannen an den Augenwinkeln und wurden langsam größer. Dann kam der Mann mit der Baskenmütze. Er stopfte sie in die tiefen Taschen seines Overalls und ging zu sich nach Hause. Einem gelang es, nach oben zu krabbeln und den Kopf aus der Tasche zu stecken.

Ich folgte dem Mann. Er ging in den Keller und ließ die Tür offen.

Ich konnte das Klo sehen, das ich manchmal benutzte, wenn wir in dem Haus spielten. Die Klopapierrolle hing immer verkehrt herum. Wenn ich am Papier zog, zeigte es zur Wand hin. Der Halter ließ sich nur schwer auseinanderdrücken, aber ich drehte die Rolle um.

Jedes Mal.

Das Mädchen wollte nie mit hinein.

»Er hat diese Augen, weißt du.«

Aber ich wusste es nicht.

Der Mann mit der Baskenmütze nahm ein Junges aus der Tasche und knallte es gegen den Türrahmen. Dann noch eins und noch eins. Er machte weiter, bis die Taschen leer waren. Das schwarze war das letzte.

Dann fegte er die reglosen Katzenjungen zusammen und warf sie auf den Haufen mit dem Abfall, der später mit dem Inhalt des Kloeimers über die Klippe ins Meer gekippt wurde.

Ich war ein Stein. Ein Stein mit Augen und Ohren.

»Verschwinde«, sagte er.

Die Klopapierrolle hing auch an diesem Tag verkehrt herum.

In dieser Nacht und in vielen Nächten danach sah ich den Mann mit der Baskenmütze und einen anderen eine Bahre mit einem Menschen tragen. Sie gingen in Fías Keller. Es war stockdunkel, aber an der Kellerdecke brannte eine schwache Glühbirne.

Sie hoben die Bahre an beiden Seiten gleichzeitig an und schleuderten den Menschen, der darauf lag, mit aller Wucht gegen die Kellerdecke. Immer und immer wieder. Alles färbte sich rot. Selbst die Dunkelheit färbte sich rot. Wir gingen die Kellertreppe hinauf und öffneten die Falltür. Fía bot uns gelbe Emaillebecher mit Tee und viel Milch an. Ihr Blick sagte, sie wüsste von nichts, aber unter der Tür drang eine Spur von Rot hervor.

»Jetzt weiß ich, was du meinst«, sagte ich zu dem Mädchen.

Der Strand

Die Flammen tanzten über der kleinen Feuerstelle, die wir aus Kieselsteinen gebaut hatten. Ich hatte von einer Frau etwas Petroleum erbettelt und gesagt, dass es für meine Mutter sei.

»Hier ist eine Birnendose. Ich habe sie im Bach gefunden.«

Wir spielten *Vater, Mutter, Kind* am Strand, und das Mädchen war der Vater. Sie zog Schuhe und Strümpfe aus und watete hinaus, um Seetang zu holen, während ich in der Konservendose Sauerampfersuppe kochte.

Als die Suppe kochte, kam sie lachend zurück und warf zwei junge Kliesschen hinein.

»Jetzt ist es Fischsuppe.«

Wir teilten den Sandstrand in Zimmer auf: Küche, Schlafkammer, Wohnzimmer.

»Das Kind schläft bei mir.« Sie riss die Puppe an sich und schüttelte sie. Dann fing sie an, sich ein Extraschlafzimmer zu bauen. Ich sah zu.

»Schlafen wir denn nicht zusammen?«

»Nein.«

Sie starrte eine Weile hinaus auf die kleinen Wellen, die an die Falten im Gesicht der alten schwarzen Frau erinnerten. Die Puppe baumelte an ihrer Hand, mit dem Haar nach unten.

Dann trat sie mit dem Fuß gegen die Steine und den Sand und zerstörte alles.

»Ich mag das nicht mehr spielen.«

Tanz auf Strumpfsocken

Fass mit an«, sagte Mutter, wenn es dunkel genug war.

Sie nahm den Deckel ab und hob den Eimer aus dem Loch.

»Wieder zu voll.«

Ein Seufzer, und wir griffen jede einen Henkel und hoben den Eimer hoch. Durch die Pforte, den kleinen Hügel hinab, hier schwappte auf einer Seite etwas gelbliche Brühe über den Rand, vorbei an den Barackenruinen vom Krieg, den ganzen Weg hinunter bis zur Klippe. Hier ließ ich los und trocknete meine Finger im Gras ab, und sie kippte den Inhalt über die steile Böschung, hinunter zu den Ratten. Dann schlug sie den Eimer gegen den Boden, um auch den letzten Rest herauszubekommen.

Wir setzten uns auf einen flachen Stein und sahen hinaus auf den spiegelglatten Fjord und das große Passagierschiff, seine Lichter spiegelten sich im Wasser, und in der Stille war Musik zu hören.

Sie saß lächelnd da, den Kopf zur Seite geneigt, und lauschte. Sie hatte zwei Kleeblüten gepflückt und hielt sie von Zeit zu Zeit an die Nase, um den Duft einzuatmen.

»… schönen blauen Donau«, murmelte sie.

Dann stand sie auf, schleuderte die abgetretenen Schuhe von den Füßen, fasste mit beiden Händen das dünne Baumwollkleid und zog es leicht auseinander, während sie sich vor mir verneigte:

»Möchten Sie tanzen, schönes Fräulein?«

Das wollte ich nicht, also tanzte sie für sich allein, die eine Hand hielt das Kleid, die andere lag auf der Schulter von jemandem, den ich nicht sehen konnte. Dabei summte sie vor sich hin und tanzte so leichtfüßig wie ein junges Mädchen, denn es war fast dunkel, und niemand sah die Krampfadern an ihren Beinen und die Ballenzehen an den kleinen Füßen.

Spiel

Wir spielten am Steilufer, da, wo die Leute ihre Toiletteneimer leerten.

Bei der Klippe ging es tief nach unten, und die Brandung spülte das Schlimmste weg. Hier landete auch so manch anderer Abfall. Alles, was die Leute los sein wollten.

Meist kamen sie erst nach Einbruch der Dunkelheit damit an. Wer später kam, versuchte dann zu erraten, was wohl wem gehört hatte.

Die Betonruinen aus den Kriegsjahren standen ein Stück weiter oben. Da konnte man raufklettern, wenn die großen Widder hinter einem her waren. Oder von einem Raum in den anderen kriechen, ohne dass einen jemand sah.

Mein Herz klopfte, wenn ich da drinnen umherkroch und versuchte, die Hände zwischen die Schafskötel zu setzen. Wenn ich nun in einem der Räume eingeschlossen würde und nicht wieder herauskäme? Oder einfach nicht wieder herausfände?

Das Mädchen hatte vor nichts Angst.

Sie stand ganz vorne am Abgrund und bewarf die Ratten unten mit Steinen. Sie stolperte und verlor den Halt. Wir sahen sie durch die Luft segeln, wie den Abfall, den wir möglichst weit wegzuwerfen versuchten, damit er nicht unten am Steilufer liegen blieb.

Sie verschwand, aber dann hörten wir sie rufen. Wir legten uns flach auf den Bauch und robbten bis an die Kante, um nachzusehen.

Da hing sie in ihrem gemusterten Strickpulli mit dem Kopf nach unten. Hing an einer verrosteten Maschendrahtrolle fest, die ihr Vater weggeschmissen hatte, zusammen mit flatternden Klopapierresten und anderem Zeug.

Ein Mann holte sie wieder nach oben. Er war wütend.

»Ihr spielt hier mit dem Leben«, sagte er. »Seht zu, dass ihr nach Hause kommt.«

»Was meinte er damit, dass wir mit dem Leben spielen?«, fragte mich das Mädchen, während sie ihre Kleider wieder in Ordnung brachte.

»Ich weiß nicht. Vielleicht, dass es eine Sünde ist, die Ratten mit Steinen zu bewerfen.«

Die Lohntüte

Jeden Freitag bekam Vater seinen Lohn in einem kleinen braunen Briefumschlag. Darin waren Scheine und Münzen und ganz unten Hoffnungslosigkeit. Er seufzte, zog einige Scheine heraus und gab sie Mutter. Der Rest wurde in einer Schublade des kleinen Schreibtisches verschlossen, der in der guten Stube stand. Der Schreibtisch stammte aus einem begrabenen Traum. Der Rest war für Zins und Tilgung. Worte, die nicht für sich allein stehen konnten, die immer zusammenhingen und von denen man Knoten im Bauch bekam.

Ein Gefühl, das sich kurz vor dem Zahltag einschlich. Mehrere Tage lang zählte er immer wieder das Geld. Rieb jeden Schein zwischen den Fingern, strich ihn glatt und drehte ihn richtig herum. Dann schloss er sie wieder ein und starrte einen Moment lang ins Leere, während seine Hand reglos auf dem Tisch lag.

Er kam nach Hause, und seine Augen waren nicht freundlich wie sonst, sondern wild wie Gewitterwolken. »Dieses Mal dürfen wir nicht nachgeben. Wir werden streiken.«

»Streiken.« Mutter wiederholte das Wort wie ein Schimpfwort.

Er rasierte sich nicht.

Männer kamen, sie redeten. Arbeiten das nie wieder rein. Die Konsequenzen tragen.

Seine Augen blieben wild, die ganze Zeit über. Es vergingen Tage. Wochen. Er war den ganzen Tag zu Hause, ging raus und rein. Wir sprachen mit gedämpfter Stimme und trauten uns nicht zu lachen.

Wir ließen beim Kaufmann anschreiben, dem die ganze Welt gehörte und unser rotes Buch. Er schob mit dem Finger seine Brille etwas nach oben und sah besorgt aus.

In der Küche redeten sie bei geschlossener Tür mit fremd klingenden Stimmen.

»Versteh doch. Wenn wir jetzt keinen Mut zeigen, schaffen wir es nie. Sie haben um eine Öre gekämpft. Wir müssen nur zusammenhalten. Diese Teufel. Sie lassen uns im Stich.«

Zins und Tilgung. Da waren diese Worte wieder. Die Schande. Das Haus.

»Ich habe den Beton mit meinen eigenen Händen gegossen, Eimer für Eimer. Irgendwie schaffen wir das schon.«

Dann war es lange still, ich öffnete die Tür einen Spalt weit. Sie hielten sich in den Armen und versuchten zu lächeln.

»Hab nur etwas Geduld. Das wird schon.«

Aber ihre Augen waren feucht.

Der Vater des Mädchens streikte nicht. Er schlich an unserem Haus vorbei, und das Gesicht mit den grauen Bartstoppeln zeigte ein Lächeln, wenn er meinen Vater mit den Händen in den Taschen dastehen sah.

Vornehme Männer kamen die Treppe hinauf. Mutter legte die schöne bestickte Spitzentischdecke auf den Wohnzimmertisch. Stellte die blaue Kaffeekanne hin und schloss die Tür.

Unsicherheit klebte am braunen Fliegenpapier unter der Küchendecke.

An der Küchentür schrie die Katze nach ihren Jungen.

Als die Männer aufbrachen, gab Vater jedem von ihnen die Hand. Dann fasste er ihre Hände, und sein Gesicht war wieder, wie es sein sollte.

»25 Öre«, sagte er.

Schreiben

Alle schrieben. Gott schrieb jede Sünde in ein großes Buch. Wir ließen beim Kaufmann anschreiben. Unser Buch war rot und nicht sehr groß. Wir zählten auf, was wir haben wollten: Haferflocken, Käse, Leberwurst, ein Viertelpfund Tee, Richs Kaffee-Ersatz (da waren Peter-Pan-Sammelbilder drin) und das Sonntagsessen: ein gutes Stück Suppenfleisch – ohne zu viel Fett und Knochen –, getrocknetes Suppengrün und Petroleum.

Der Kaufmann schnitt ein Stück Käse und eine dicke Scheibe Leberwurst ab, wog beides und packte es ein. Er nahm die geschnittenen Fleischstücke und suchte sorgfältig das Richtige für uns aus.

Schließlich kam er hinter dem Ladentisch hervor und ging zur Petroleumpumpe, fasste den Griff und begann, ihn pumpend vor und zurück zu bewegen, im Glas stieg das Öl immer höher. Dun-ka dun-kadunk.

»Darf ich das bitte machen?«, bat ich jedes Mal, doch er hörte es nie, weil ich es lautlos sagte.

Die Ölkanne füllte sich, es roch nach Petroleum.

Der Kaufmann wischte die Hände an der braunen Schürze ab, nahm die Brille aus dem Haar und suchte unser Buch heraus. Dann schrieb er.

Während er schrieb, blickte ich auf den Karton mit Kandiszucker, in dem große und kleine braune Stücke lagen und wie Edelsteine glitzerten. Ich streckte meine Wunschhand aus, nahm ein großes Stück und legte es auf die Zunge. Spürte die unregelmäßigen Flächen zwischen Zunge und Gaumen und den eigentümlichen Geschmack.

Während er schrieb, kam eine Frau in den Laden. Sie hatte eine Packung Margarine in der Hand. Die Packung war zerdrückt und etwas schmutzig.

»Ich habe zu viel davon. Kannst du mir vielleicht eine Packung Mehl dafür geben?«, fragte sie leise. Ihr Mann trank rosaroten Primus Brennspiritus.

Der Kaufmann wurde ein wenig rot, nahm die Margarine und setzte die Brille ab.

»Ja, bitte sehr«, sagte er, legte die Margarine auf die Seite und gab ihr eine Packung Mehl. Die Frau schob sie unter ihren Mantel und ging.

Freitags bekam Vater seinen Lohn, dann gingen wir mit einigen Scheinen zum Kaufmann.

»Das ist fürs Abbezahlen unserer Schulden.«

Der Kaufmann räusperte sich, schrieb und zog die Summe ab. Als der Streik kam, gingen wir freitags nicht zu ihm. Doch nachher gingen wir wieder hin wie immer.

Viele Freitage kamen und gingen, doch eines Tages sagte der Kaufmann, nun sei die Schuld aus der Welt. Er lächelte und gab mir das rote Buch mit.

»Das kann nicht stimmen«, sagte Vater. »Da muss einiges noch übrig sein.«

Sie sahen nach, blätterten die Seiten durch.

»Der Rest ist gestrichen«, sagte er.

»Es gibt gute Menschen«, sagte Mutter.

Vater sagte nichts. Wandte sich ab.

Die Küche

Die große Küche, die mit der Zeit immer kleiner wurde. Die kleine Küche, in der alle an den kalten Winterabenden beisammensaßen. Die warme Oase im eisigen Meer. Die Tür, die zu den dunklen Zimmern hin leicht offen stand, und der kalte Luftzug an den Beinen.

»TÜR ZU!«

Die unpraktische Küche, in der sie summend zwischen Spüle und Herd, die an entgegengesetzten Enden standen, hin und her ging. Summend, mit abwesendem Blick, bis ihre Augen auf eines von den Kleinen fielen. Dann waren sie ganz da.

Die Küche mit den vornehmen Hängeschränken mit Glastüren, die keine Scheiben hatten, sondern mit geblümtem Stoff verkleidet waren.

Der Schrank, in dem das Abflussrohr mit einem Lappen umwickelt war und der merkwürdig roch, wenn man etwas Heißes in die blanke Spüle goss, die keinen Stöpsel hatte. Der Schrank unter der Spüle, wo der braune Kanister mit dem Petroleum und die Flasche mit dem rosaroten Brennspiritus standen:

»Für mich muss es kein Schnaps sein. Gib mir eine Träne von dem Rosaroten. Und ein Glas Wasser.«

Die Küche, wo die Hexe auf dem Tisch lag, während die anderen darunterkrochen und später Wäscheklammern an den Kleinsten hefteten, die letzte auf seine Nase.

Die Küche mit den vergitterten Fenstern, wo der Dunst die Dunkelheit verbarg und kleine Rinnsale an der Scheibe herunterliefen. Die Küche mit den Schatten, die vor der Petroleumlampe davonwichen und sich zu verstecken versuchten und manchmal in Vater fuhren.

Die Küche, wo sie am Herd stand und rote Sagosuppe mit Zimtstücken und Rosinen kochte, während er auf dem Boden saß und Geschichten erzählte, sodass uns Flügel wuchsen und wir die Schatten vergaßen.

Der Kleinste, der ihn unverwandt ansah und unbewusst jeden Gesichtsausdruck nachmachte.

Die Küche, wo das Schaf laut mit den Beinen gegen den Linoleumboden schlug, bis es tot war und die Dunkelheit sich rot färbte.

Die Küche mit dem heißen Ofen, der von Schuppenkohle lebte, die man vorher im Kohlenkasten zerkleinern musste, im Schuppendunkel, wo die Augen lauerten.

Die blanken Kohlenstücke und etwas Kohlenstaub auf der weißglühenden Asche, die kalt aussah und einen Schuss Petroleum bekam. Das Tier, das aufsprang. Die brennenden Kleider darüber und die angesengten Augenbrauen.

Der Küchentisch, den er gebaut hatte, mit all den

gebrauchten Kaugummis unter der Kante, von denen man sich einen aussuchen konnte. Der Tisch, auf dem zum dritten Mal diese Woche gepökeltes Grindwalfleisch stand. Gesegnete Mahlzeit, sagte er, während die anderen auf die schwarzen Stücke starrten und schluckten.

Karl Jularbo, der später aus dem Wohnzimmer durch die angelehnte Tür glitt und sie zum Tanzen brachte.

Die sonnige Küche, wo sie am Tisch saß und sich kostenlos Sachen aus Daells Warenhauskatalog herbeiwünschte.

Die Katze, die mit halb geschlossenen Augen auf der glänzenden Platte unter dem Herd lag. Das offene Fenster, durch das Sommerlaute und Kinderlachen hineinschlüpften.

Die Küche. Der Nabel der Welt.

Das Fischbündel

Lauft runter zum Landungsplatz und kauft ein paar Fische.«

Vater drückte uns einen Fünf-Kronen-Schein in die Hand, wenn er unsere Vorräte an gepökeltem Grindwalfleisch und unverkäuflichem Stockfisch verlängern wollte.

Wir hörten auf zu spielen, machten uns auf die Suche nach einem Holzstock und trotteten zu der Stelle, wo einige Boote auf dem Wasser schaukelten und andere angetuckert kamen.

Sie warfen die Fische an Land. Manche zappelten. Ihre Augen starrten in eine trockene Welt.

»Hast du Seeigel?«

Hellupalli murmelte irgendetwas Unflätiges und warf uns zwei zu. Das Mädchen ging leer aus.

»Ich habe mehrere davon in meinem Haufen«, sagte sie und rannte zurück nach Hause.

Wir freuten uns über die Kostbarkeiten, die, ehe man einen Kerzenstummel hineinstellen konnte, gesäubert, ausgeschabt und getrocknet werden mussten, und waren bereits auf dem Weg vom Landungsplatz nach oben, als es uns einfiel. Wir hielten ihm den zerknüllten grünen Geldschein hin, er spuckte weit aus und nahm einige Fische. Zog sie wie Gänseblümchen auf eine Schnur auf.

Er ließ sich Zeit. Hielt sie hoch und begutachtete sie. Sah uns an, nahm noch einen und band ihn dazu. Warf uns die Schnur mit den Fischen zu, wischte sich die Nase mit dem Handrücken ab, spuckte in weitem Bogen schwarze Spucke aus und wandte sich wieder zum Boot.

Seine Mundwinkel waren braun, und mit den vielen grauen Bartstoppeln sah er im Gesicht selbst aus wie ein Seeigel. Der Schirm seiner schwarzen Mütze glänzte, vorne in der Mitte hatte sie einen goldenen Anker.

Ich freute mich darauf, älter zu werden, denn den älteren Mädchen gab er Geld, wenn sie ihn besuchten. Sie lachten immer so, wenn sie bei ihm gewesen waren. Sie bekamen Rhabarberwein, den er selbst gemacht hatte. Er bewahrte ihn in der Speisekammer auf, sagten sie. Auf dem obersten Regal.

Sie durften ihn runterholen. Er hielt sie hoch, damit sie hinkamen.

Wenn er etwas getrunken hatte, sang und lachte er in einem fort, sodass die wenigen schwarzen Zahnstummel zu sehen waren. Dann ging er von Haus zu Haus, um sich einen Schluck von dem Rosaroten zu genehmigen.

Er hatte nichts außer Fischen im Kopf und sang auf Dänisch immer dasselbe alte Brautlied:

»Seine Nahrung fängt der Fisch im Wasser und der Adler mit den Klauen.«

Die Türen in dem alten Haus, in dem er wohnte, hatten Klinken. Schlösser gab es nicht. Kleine Kinder durften nicht hinein.

Wir schoben den Stock unter die Schnur und hoben das Bündel leicht an. Den ganzen Weg nach Hause schleiften die Fischschwänze wie ein Besen über den Boden und waren mit braunem Staub und kleinen Steinen bedeckt.

Vater nahm uns die Fische ab, trug sie ins Haus und legte sie lächelnd in die blanke Küchenspüle. Als hätte er sie selbst gefangen. Mutters ruhige, beredte Augen.

»Das hatte ich für heute gar nicht geplant.«

Das schlechte Gewissen angesichts von Gottes gutem Essen. Mutter nahm das Messer und begann, die Fische auszunehmen, die Haut zu entfernen, zu hacken, zu kneten.

Schließlich lagen sie in zwei Lagen Seite an Seite auf der gelben Platte mit dem grünen Rand, wo an schwarzen Stellen die Emaille abgeblättert war.

»Sie müssen über Nacht ruhen.« Jetzt lächelte sie.

Der Reifen

Ich schlief unruhig. Wusste, noch bevor ich die Augen aufmachte, dass heute etwas besonders war.

Der Reifen.

Runter vom Etagenbett. Pullover und Gummischuhe an, verkehrt herum. Eiskalt.

Wieder runter damit. Ich zerrte die nasse Pappeinlage heraus, die das Loch in der Sohle abdeckte. Machte vorsichtig die Tür auf und zu.

Er stand im Schuppen, hinter den Vorratsfässern mit der Salzlake.

Er machte keinen Krach, nicht wie der Fassring. Lautlos rollte der Gummireifen dahin, als ich ihn mit dem neuen geschnitzten Holzstock antrieb. Er rollte schneller und gerader, und bei jedem Schlag gab er einen singenden Ton von sich.

Ich flog dahin. Konnte aufrecht laufen. Glutrot loderten alle Fensterscheiben. Den alten roten Fassring würde mein kleiner Bruder bekommen.

Bei jedem Schritt auf dem sommertrockenen Weg wirbelte der hellbraune Staub auf. Kleine Steine drangen durch das Loch in der Sohle, und ich krümmte die Zehen vor Schmerz. Einige setzten sich fest. Andere kamen hinzu. Ich schlug und lief.

Vorbei an Hellupallis Haus und am geschlossenen Laden mit den Fliegen im Fenster. Immer weiter, bis der Weg aufhörte.

Der Reifen rollte gegen das Gatter des Steinzauns, drehte sich ein paar Mal um die eigene Achse und blieb dann liegen.

Hier waren nur ich, der Reifen und die Heringsmöwen. Der Tau machte die Spinnweben dicker. Ich ruhte mich aus und pulte die Steine aus den Gummischuhen; an den nackten, warmen Beinen fühlte sich das Gras kalt und nass an. Auf der anderen Seite des Zauns murmelte der Bach.

Wie Mutter, wenn sie das Abendlied zu Ende gesungen hatte und weitersummte. Mutter sah auch aus, als hätte sie Steine im Schuh, als das Auto sie abholen kam.

Sie sollte eine ganze Woche weg sein. Dann kam sie mit meiner kleinen Schwester zurück. Wir bekamen sie, obwohl wir kein Zimmer für sie hatten. Jeden Abend lag ich voller Sehnsucht unter Mutters Bettdecke. Deshalb der Reifen. Vater holte mich, wenn Essenszeit war. Seine Brotscheiben waren doppelt so dick wie Mutters Scheiben.

Ich zog die Gummischuhe wieder an, nahm Reifen und Stock. Auf dem Nachhauseweg stieg aus einigen Schornsteinen Rauch auf, die Hähne krähten, und das Mädchen stand oben im Dachgeschoss am Fenster und schlug gegen die Scheibe.

Das Herz aus Gold

Sie hatte zehn Kinder. Die Frau mit den warmen, braunen Augen, die nichts zu geben hatte, aber immer gerne gab.

In der Diele war es eng wie in einem Pferch, wenn die Männer oben in den Bergen die Schafe zusammentrieben. Hier drängten sich die Kinder, doppelt so viele, wie sie selbst hatte. Sie stritten um die vielen Gummischuhe und Stiefel.

Die Tür zur Küche stand offen, sie saß mitten in der Küche, bittend und schimpfend, während sie einem Säugling die Brust gab. Ein anderes kleines Kind, wie alle mit großen braunen Augen, kam in schmutzigen Gummistiefeln, die es verkehrt herum anhatte, vom Spielen hereingetrottet, zog ihre Bluse hoch, richtete sich mit ein paar Püffen darunter ein, stützte sich auf ihrem Oberschenkel ab und genehmigte sich auf der anderen Seite ein Schlückchen. Sie fragte und antwortete und streichelte, alles zur gleichen Zeit.

Sie machte einen Laden auf, hatte aber ein zu weiches Herz. Wenn wir zum Spielen kamen, gab sie jedem von uns etwas mit nach Hause.

»Das ist für deine Mutter.«

Einige Monate später schloss der Laden. Die Leute schüttelten den Kopf.

»Sie hat ein Herz aus Gold.«

Wir brachten ihr von der Bäckerei die Backwaren vom Vortag. Manchmal eine ganze Schachtel voll, in der vorher Tee gewesen war. Rosinenstuten, Vanilleplätzchen und Rosinenbrötchen und natürlich Brot. Viel Brot. Manchmal auch Tortenstücke, aber die erreichten selten ihr Ziel.

Sie kam heraus, mit einem Kind auf dem Arm, und wir gaben ihr den Karton. Sie sah aus wie die Jungfrau Maria mit dem Jesuskind, nur mit zerzaustem Haar.

»Bitte greift zu, meine Lieben. Ihr müsst hungrig sein.«

Der Herr Jesus sieht alles, und wir senkten den Blick und sagten, nein danke. Es war also nicht ganz so schlimm, wir hatten uns nur schon bedient, bevor sie uns dazu aufgefordert hatte. Es kam also fast aufs selbe heraus. Jedenfalls war es kein richtiger Diebstahl gewesen, wir hätten die Kuchen auch so bekommen.

Sie konnte nicht so gut schimpfen wie die anderen Mütter. Die zehn waren auch nicht so folgsam.

Ich sah ihre Brust, wenn sie die Kleinen stillte, und wünschte mir, tiefer sehen zu können.

Bis zu dem goldenen Herzen.

Auf dem Weg nach Hause traten wir nur auf die trockenen Stellen, die nassen waren dunkler.

Wäsche

Der große Kessel stand auf dem Kohlenherd. Dampf stieg aus ihm auf und hüllte die Küche in Nebel. Alles war nass. Die mit glänzender Farbe gestrichenen holzverkleideten Wände wurden matt durch die winzigen Tropfen, die einander anstießen, bis einer sich nicht mehr halten konnte.

Dann lief er die Wand runter und riss andere mit sich.

Mitten auf dem Fußboden stand der große Hocker, der nicht wackelte, mit Zinkwanne und Waschbrett. Ganz oben auf dem Waschbrett lag auf einer kleinen Ablage die Sunlichtseife. Alles roch nach warmer Schmierseife und Sunlichtseife.

Beim Waschen konnten wir ihr nicht so wie sonst mit allem Möglichen in den Ohren liegen. Sie war ein wenig abwesend. Anders als sonst.

Vielleicht dachte sie an all die gut verheirateten Frauen in Dänemark.

Immer wenn die Rede auf eine kam, die dort wohnte, sagte Mutter:

»Ach ja. Sie ist da unten so gut verheiratet.«

Dass hier jemand gut verheiratet sei, sagte sie nie.

Mutter nahm einen großen Holzlöffel und fischte kochend heiße Wäschestücke aus dem Kessel, ließ sie etwas abtropfen und beförderte sie dann mit einem Schwung in die Wanne. Etwas Wasser lief auf den Boden mit den braunen Linoleumfliesen. Die Kleider sanken hinab in die graue trübe Unterwelt, wo Männer ertranken und nur noch ein paar Luftblasen zu sehen waren.

»Musst du kein frisches Wasser nehmen?«

»Nein, die Lauge ist gut so.«

Sie schrubbte auf dem Waschbrett und summte dabei ein Lied. Das dauergewellte Haar stand ihr zu Berge. Ihre Schürze, mit Rüschen auf den Schultern und hinten über Kreuz gebunden, war nass. Ihre Hände waren rot und verschrumpelt.

»Warum kriegen wir keine Schachtel voller Kuchen?«

»Wir haben, was wir brauchen.«

Sie spülte die Wäsche in der Küchenspüle und wrang sie aus. Dann ab damit nach draußen auf die Wäscheleine.

Sie nahm ein rotes Litermaß mit warmem Wasser mit nach draußen, weil ihr das Blut aus den Fingern wich. Sie wurden gelb. Auch unter den Fingernägeln.

»Wie bei einer Leiche«, sagte sie. Sie war so weit weg.

Ich schlich mich davon und starrte auf den Horizont, über den ich nur in verschwommenen, beschwingten Tagträumen hinauskam.

Wir saßen auf der Wiese und flochten Gänseblümchenkränze. Sie hatte den Arm um mich gelegt, und ich lehnte meinen Kopf an sie. Nur wir beide. Und hoch oben am blauen Himmel segelten die Heringsmöwen …

Doch sie hängte weiter die Wäsche auf, tauchte zwischendurch die Hände ins warme Wasser und schüttelte sie trocken. Da war immer jemand, der jünger war.

Das Mädchen war ein Einzelkind, aber das war auch nicht gut.

Dann flatterte die Wäsche im Wind.

Gegen Abend nahm sie sie wieder ab. »Bevor es draußen zu ungemütlich wird.«

»Nichts duftet so gut wie saubere, frisch von der Leine geholte Wäsche«, sagte sie und lächelte beim Anblick meines kleinen vertrockneten Kranzes, während sie die Wäsche ausschüttelte und zusammenlegte; manchmal aber waren Ohrenkneifer dazwischen.

Abendrot

Als ich mich umdrehe, pikst es. Sticht. Ich schaue nach, kann aber nichts entdecken. Ich lege mich wieder hin, da sticht es an einer anderen Stelle. Jetzt sehe ich, was es ist. Eine winzige Spitze. Ich fasse sie mit zwei Fingernägeln und ziehe sie vorsichtig heraus. Sie wird immer größer, bis sie ganz heraus ist und ich eine weiche Feder in der Hand halte.

Ich kann nicht einschlafen. Draußen ist es hell, und ich liege im oberen Bett. Ich lasse die Feder los, sie segelt hin und her und kreiselt auf luftigen Wellen. Ich drücke das Kissen zusammen, es sticht an mehreren Stellen. Ich ziehe eine Feder nach der anderen heraus und lasse sie durch das seltsame rote Licht, das durch die geschlossenen Gardinen fällt, auf den Boden segeln.

Eine weiße, eine schwarze, eine gesprenkelte. Jede segelt anders. Sie landen nicht aufeinander, obwohl ich versuche, sie immer an derselben Stelle loszulassen.

Ein Zipfel hat ein ganz kleines Loch. Bald ist es ein wenig größer. Und noch größer. Ich stecke die Hand in das Kissen. Es ist so weich, so weich da drinnen, manchmal pikst es. Ich ziehe eine Handvoll Federn hinaus und lasse sie alle auf einmal los. Immer und immer wieder. Der Fußboden sieht aus wie Wolken am Abendhimmel. Da, wo Großvater und die schwarze Alte jetzt sind, sieht es auch so aus. Sie ist immer noch ganz in Schwarz, und Großvater sieht merkwürdig aus, wie er in seinem weißen Gewand dasitzt und Harfe spielt. Sein Kopf mit dem strengen Gesicht passt irgendwie nicht dazu.

Vater war blass und hatte traurige Augen, als er es mir sagte. Ich schaute zu Boden und wäre gern traurig gewesen, aber ich hatte Großvater nur dreimal gesehen.

Ich ließ Vater stehen und ging ins Hühnerhaus. Hier hingen Rock Hudson, Suzanne Pleshette und Elizabeth Taylor, ihre Augen machen meiner kleinen Schwester Angst, weil der Wind hinter die Bilder fährt und sie lebendig wirken lässt. Es ist sehr gemütlich hier, selbst wenn es immer noch nach Hühnern riecht. Ich habe für das kleine Fenster Gardinen genäht. Jetzt ist es ein Spielhaus. Vater hat es mit größter Sorgfalt gebaut und war sehr stolz darauf. Mutter schimpfte, weil er alte, faule Hennen gekauft hatte, die viel Futter brauchten, aber kein einziges Ei legten. Also kam ein Mann und hackte ihnen mit einer Axt den Kopf ab. Die Hühner liefen herum, obwohl sie keinen Kopf mehr hatten. Mutter kochte sie drei Stunden lang, aber sie waren immer noch zäh. Mutter sagte, Doktor Poulsen hätte gesagt, selbst den Teufel könne man essen, wenn er drei Stunden gekocht habe.

Ich saß im Hühnerhaus und versuchte, mich zu zwingen, wegen Großvater zu weinen, aber ich konnte nicht ... Da lachte ich.

Ich höre Mutter und Vater in der Küche reden. Ich stecke noch einmal die Hand in das Kissen. Jetzt ist es flach, ich niese und lege mich schlafen.

Großmutter

Großmutter. Mit den weißen Haaren und den verkrümmten Fingern.

»Arthritis«, sagte Mutter.

Großmutter saß am Küchentisch und murmelte vor sich hin. Ich ging zu ihr hin, um zu sehen, was sie las, aber da war nichts.

»Mit wem sprichst du, Großmutter?«

»Ich spreche mit Jesus, mein Herz.«

»Er kann dich nicht hören. Er wohnt ganz furchtbar weit oben.«

»Doch, mein Herz. Er hört alles.«

»Sehen kann er aber nicht alles, oder?«

»Doch. Er sieht alles.«

Großmutter trat ihre braunen wollenen Hausschuhe hinten herunter. Sie schlurfte über den Boden, wenn sie mit meinem kleinen Bruder, der Zähne bekam, auf und ab ging.

»Friede ruht über Land und Stadt«, sang sie auf Dänisch, und ihre braunen Augen waren traurig.

»Sie hat es nicht immer leicht gehabt«, sagte Mutter.

»Warum?«, fragte ich.

Mutter sah mich nicht richtig an.

»Sie hatte ein uneheliches Kind. Und das zu der Zeit.«

»Was …«, setzte ich an, aber jetzt hatte sie mich bemerkt und meinte, es sei Zeit für mich, ins Bett zu gehen.

Ich legte mich hin, konnte aber nicht einschlafen.

Ein uneheliches Kind. In meiner Klasse gab es auch ein uneheliches Kind. Ich und die anderen hatten ihm oft Schimpfworte hinterhergerufen. Aber wo war Großmutters Kind?

Ich hatte es nie gesehen. Hatten es auch alle beschimpft und mit dem Finger auf es gezeigt? Hatten die Jungen es verprügelt? Vater war auch Großmutters Kind.

Am nächsten Morgen fragte ich.

»Ein Mann hat sich an ihr vergriffen. Sie bekam ein Kind, bevor sie verheiratet war. Ja, es gab böse Blicke und spöttisch lächelnde Gesichter. Wäre das in Italien passiert, hätte man ihn erschossen. Später hat sie dann Großvater geheiratet.«

Ich ging nach draußen. Ich war traurig und wütend wegen Großmutter und ihrem unehelichen Kind.

Das musste furchtbar sein, dass sich jemand an einem vergriff, und dann die stechenden Blicke. In Italien würde sich das niemand trauen.

Arme Großmutter. Mit gerade neun hat sie ihre Mutter verloren. Sie waren zehn Geschwister. Die Mutter starb, als sie das elfte Kind bekam. Ein kleines Mädchen, das mit ihr begraben wurde.

Großvater hat es Vater erzählt. Großmutter hat nie darüber sprechen wollen, obwohl Vater gefragt hat.

Später zogen sie dann zu einer Witwe, die selbst Kinder hatte. Sie ist nicht so gut zu allen diesen neuen Kindern gewesen.

Ich ging zurück in die Küche, schlang die Arme um Mutters Taille, presste mich an die feuchte Schürze, und meine Angst verschwand. Sie lachte und küsste mich auf den Kopf. Ich ließ sie los.

»Wo ist es jetzt?«, fragte ich.

»Was?«

»Das uneheliche Kind.«

Mutter setzte sich auf den Hocker und legte die Hände auf die geblümte Schürze. Sie starrte aus dem Fenster.

»Er ist jung gestorben«, sagte sie ruhig. »Ertrunken.«

Ertrunken. Trübes graues Wasser oder vielleicht tiefes grünes. Ich zog vorsichtig die Tür hinter mir zu und ging hinaus ins Hühnerhaus. Setzte mich auf eine Apfelsinenkiste, um nachzudenken.

Zuerst verlor Großmutter ihre Mutter, dann das uneheliche Kind, dann Großvater. Vielleicht hat sie das Kind verloren, weil sie nicht bei ihm zu Hause sein konnte. Sie hat Fische gewaschen. Draußen, in eiskaltem Wasser. Darum hat sie Arthritis bekommen. Eine Mutter sollte zu Hause sein, damit man immer zu ihr hineinlaufen und sie umarmen kann. Ob alle unehelichen Kinder jung sterben?

Ich ging ins Haus. Sah Großmutter an und streichelte ihr über die Wange. Großmutter hatte an der Wange die weichste Haut auf der ganzen Welt. Sie hatte zwei schöne braune Kämme in ihrem weißen Haar. Sie lächelte mit den Lippen, wenn sie sang, ihre goldenen Augen aber waren traurig.

»Nun werde ich wohl bald sterben.«

»Nein, Großmutter, sag das nicht. Du wirst mindestens hundert Jahre alt.«

»Möge Gott es nicht so böse mit mir meinen.«

Großmutter wollte die Zeit nicht haben, die nur in unergründlichen Brunnen ohne Licht strömte.

Die Zeit strömte auch in unserem Bach, wenn es heftig regnete.

Ich setzte mich auf meinen Stein ganz nah am Wasser und starrte auf den braunen Wirbelstrom, der wie ein Wasserfall an mir vorbeischoss.

Dann segelte ich davon, und der Bach stand still. Der Wasserfall aber mündete in Großmutters unergründlichen dunklen Brunnen.

»Es gibt eine Zeit fürs Tanzen und eine Zeit fürs Weinen«, sagte Großmutter und fuhr sich mit der verkrümmten Hand über die Stirn.

»Ich wollte tanzen, aber die Tränen wollten mich.«

Sie wiegte den Oberkörper hin und her und summte eine Melodie vor sich hin. Die goldenen Augen blickten in die Ferne, und ein leichtes Lächeln glitt über ihr Gesicht.

Jetzt war sie wieder in der grünen Zeit, wo der Goldregenpfeifer rief, der Bach raunte und die Mutter hinter dem geöffneten kleinen Fenster wartete.

Gerade acht Jahre alt, trug sie noch ihr unfertiges Leben auf den schmalen Schultern.

Und es war eine gute Zeit.

Zweiter Teil

Blau

Er kam blau zur Welt. Ein blaues Kind. Eine Winterblume. Er war größer und stärker als wir, aber zu nichts zu gebrauchen. Er wollte mitspielen. Wir rannten weg. Fast immer.

Wir stachelten ihn dazu an, zu laufen. Fangen zu spielen. Er lief und lief und schnappte nach Luft. Wir liefen im Kreis um ihn herum. Wetteiferten darum, wer sich am nahesten herantraute. Seine Hände konnten fest zupacken, wenn er uns zu fassen bekam.

Dann fiel er um. Presste beide Hände gegen die Brust und gab seltsame Laute von sich. Lief blau an und verdrehte die Augen. Wir starrten ihn an, manchmal äfften wir auch das Geräusch nach:

»Ähmm, ähmm.«

Er hatte blaue Wangen, blaue Lippen, blaue Finger. Wir gingen mit ihm nach Hause zu seiner Mutter. Wir gingen nicht mit hinein. Sie gab uns die Schuld. Wir brachten ihn dazu, zu laufen. Er schob sie grob zur Seite und ging auf sein Zimmer. Saß dann am Fenster und blickte hinaus. Er blieb stur. Wollte mitspielen. Konnte es nicht. Wurde grob und kniff. Wir rannten weg. Er rannte hinterher.

Wir riefen: »Fischauge! Angsthase!«

Er bettelte, schimpfte, warf mit Steinen. Schrie, dass er nie wieder mit uns spielen würde.

Wir lachten.

Er weinte.

Er rächte sich. Steckte Nägel in die Forellen, die wir gefangen hatten. Presste zwei Hühner auf einmal durch die kleine Luke, sodass sie sich die Flügel brachen. Zu Hause bekam er immer seinen Willen. Er durfte sich nicht aufregen.

Hier war er König.

Dann kam der Tag, an dem er nicht mitspielen wollte. Er hockte zusammengekauert auf einem Stein. Wir fragten, warum.

Er sollte nach Dänemark. Da gäbe es andere wie ihn. Er sollte lange dort bleiben. Niemand würde mitkommen. Flehend sah er uns an.

»Ich kann kein Dänisch. Niemand kommt mit.«

Wir sagten nichts. Blickten uns verstohlen an. Betrachteten das Gras zu unseren Füßen und scharrten mit den Gummischuhen.

An diesem Tag liefen wir nicht weg.

Das Mädchen und er mochten sich nicht. Er warf ihr dieselben Schimpfworte an den Kopf, die wir ihm nachriefen. Sie sagte nichts. Stand einfach hinter der Gartenpforte und wartete. Sie hatte alle Zeit der Welt.

Er nicht.

Als er uns erzählte, dass er nach Dänemark geschickt würde, war sie die Einzige, die lachte.

Die »Königin« tutete. Wir standen am Kai. Einige winkten. Die Welt zwischen dem Kai und dem Schiff wurde immer größer. Grünes tiefes Wasser.

Er stand ganz oben und wirkte klein. Starrte zu seiner Mutter hinunter. Sie trug einen braunen Hut mit einer Ziernadel. Sie sah nicht auf. Weinte unaufhörlich in ein weißes Taschentuch hinein.

Er winkte nicht.

Die Hände in den Taschen, gingen wir schweigend nach Hause.

Er fehlte uns.

Parenthese

Er liegt ganz still im Bett unter der Dachschräge in dem kleinen Zimmer. Die blauen dicken Finger sind kalt. Die Füße auch, obwohl die Mutter eine Wärmflasche ans Fußende gelegt hat. Er hat sie mit einem Tritt aus dem Bett gestoßen. Wenn er tief Luft holt, riecht es noch etwas nach warmem Gummi.

Er hört den Wind. Warum hört sich der Wind nachts anders an? So als käme er aus einer tiefen Felsspalte. Ununterbrochen. Er ändert in der Nacht seine Farbe, obgleich er keine Farbe hat. Tagsüber bemerkt man ihn nicht. Da ist er einfach nur da.

Er hörte es tuten, als es am Abend kam. Das schwarze Schiff.

Er stöhnt auf vor Angst.

Die Mutter hat es ihm vor einigen Tagen gesagt. Sie sprach lange, aber er hörte nur am Anfang zu. Dachte, sie wolle ihm wie so oft Angst einjagen. Er lachte, aber als sie sagte, dass der Lehrer und der Arzt mit der Sache zu tun hätten, bekam er Angst.

Zuerst hatte er um sich geschlagen. Dann kriegte er einen Anfall, schließlich mehrere. Er hatte geflucht und gebrüllt, doch es war nicht so wie sonst.

Sie gaben nicht nach. Selbst dann nicht, als er seiner Mutter weinend um den Hals gefallen war und gebettelt hatte. Er hatte ihren Kopf festgehalten, sodass sie ihm in die Augen sehen musste. Alle saßen einfach nur da und blickten zu Boden.

Dann hatte er sich ins Bett gelegt und war zwei Tage lang dagelegen, ohne etwas zu essen, während die Angst anschwoll und immer größer wurde. Aber es half nichts.

Vielleicht wegen der Schläge. Sonst hatte die Mutter ihm immer jeden Wunsch erfüllt.

Sie sagten, jedes Mal, wenn er zuschlage oder fluche, würde der Herr Jesus weinen. Aber jeder weint manchmal. Die Mutter weinte oft und sagte, er sei eine Prüfung Gottes, und er selbst weinte auch, wenn ihn die anderen Kinder hänselten oder er keine Kraft mehr hatte. Einmal hatte er sogar den Vater weinen sehen.

Er bekommt nur schwer Luft, dieses vermaledeite große Herz klopft so heftig.

Er faltet die Hände. »Lieber Herr Jesus, hilf mir. Ich habe nicht mehr zugeschlagen, seit Mutter es mir gesagt hat. Und auch nicht geflucht. Ich will es nie mehr wieder tun.«

Er lauscht angestrengt, doch außer seinem Herzen und dem Wind, der dort draußen allein ist, ist nichts zu hören. Er selbst hat sich nie getraut, bei Nacht allein draußen zu sein. Die größeren Kinder haben oft von all den Dingen erzählt, die nur nachts dort draußen vor sich gehen.

Aber wenn er nun die Wahl hätte, in einer dunklen Nacht draußen zu sein, und dafür nicht mit dem Schiff wegfahren müsste, dann würde er sich trauen. Dann wäre er dazu gezwungen. Vielleicht sollte er hinaus in die Nacht gehen und sich verstecken. Sich so lange verstecken, bis das Schiff abgefahren ist. Doch dann würden sie ihn mit diesen vorwurfsvollen roten Augen ansehen, die unzugänglich blieben. Und ihn bei der nächsten Gelegenheit fortschicken.

Er will die Treppe hinunterlaufen und die Mutter fest in die Arme schließen. Er setzt sich auf. Will sich zwischen sie und den Vater legen, so wie damals, als er noch kleiner war. Aber sie lieben ihn nicht mehr. Sie schicken ihn weg. Warum? Warum? Er wird ja sowieso nicht gesund. Er wird nie wie die anderen sein.

Er steht auf und geht zu dem kleinen Dachfenster. Steht zitternd da und blickt hinaus in die Finsternis. Er reicht nicht ganz an das Fenster heran. Kann nur nach oben sehen, in die dunkle Nacht. Ein runder Mond kommt hinter einer schwarzen Wolke hervor. Der Mond segelt dahin.

»Wenn ich es schaffe, bis zehn zu zählen, bevor die nächste Wolke kommt, dann hat er mich gehört.«

Wie ein zerfranstes schwarzes Wollbüschel schiebt sich die nächste Wolke vor den Mond. Ein Luftzug weht ihm sachte ins Gesicht, so als würde die Nacht durch irgendeine Ritze ins Zimmer kommen wollen. Doch in seinem Inneren ist es bereits finster, und hier gibt es keinen Mond.

»Du bist jetzt neun«, hatte der Bruder gesagt. »Sei ein Mann. In wenigen Jahren bist du erwachsen, dann kannst du machen, was du willst.«

Er untersucht mit der Hand, wo der Luftzug herkommt, findet den Spalt und hält ihn zu, aber nun zieht es von woanders her.

Er pult etwas an einer Stelle herum, wo die Farbe am Fensterrahmen aufgeplatzt ist, kratzt ein Stückchen ab, legt es auf die Handfläche und streicht mit dem Finger darüber.

Er weiß nicht, was er mit sich anfangen soll. Setzt sich wieder aufs Bett, hält die Bettdecke mit beiden Armen, wiegt sich und weint in sie hinein. Dann starrt er vor sich hin, und seine Gedanken weben dicke Bänder, die sich in der Dunkelheit ineinander verhaspeln.

Knotenmutter, hilf uns. Nie mehr. Die Gesichter. Lachende, drohende. Die Orte. Die Rote.

Wieder sieht er das tiefe grüne Meer vor sich. Vielleicht ist das Schiff unterwegs untergegangen? Nein, es ist ja da. Er hat es selbst tuten gehört, als er unten im Keller bei der Roten war, um sich zu verabschieden. Sein Herz tat so weh. Aber dann hatte er die Wange an ihren warmen Bauch geschmiegt und die Arme um sie gelegt. Sie hatte leise gemuht, und er war sicher, dass sie ihn verstand. Sie ist sein einziger richtiger Freund. Sie hat er nie geschlagen. Die anderen sind keine echten Freunde.

Er hört die Treppe zum Dachgeschoss knarren, schnell legt er sich ins Bett und dreht sich zur Wand. Es ist die Mutter. Sie setzt sich auf die Bettkante und streicht ihm sachte übers Haar und die von ihr abgewandte Wange. Er hört leises Weinen.

Er tut so, als würde er schlafen, und nach einer Weile steht sie auf und geht wieder nach unten. Er dreht sich auf den Rücken und starrt in die Dunkelheit.

Ihm ist so kalt. Es ist die letzte Nacht daheim.

Morgen. Morgen …

Mutter und Tochter

Das Haus lag vor der Sonne geschützt, sodass sie nie durchs Fenster schien. Ein kleines schwarzes Haus mit einem Grasdach inmitten anderer Häuser.

Auch seine beiden Bewohnerinnen mieden die Sonne.

Sie erinnerten an schwarze Vögel. Vor allem die jüngere. Ihre große Hakennase stach unter einem schwarzen Kopftuch hervor. Sie hatte lange Beine und lange Arme.

Ihre Mutter war klein und gedrungen. Sie verließ fast nie das Haus. Die Leute sagten, dass sie immer nur im Bett lag. Sie war blind. Hatte weiße Augen. Vor vielen Jahren war ihr Mann mit einem Fischkutter untergegangen. Sie wurde blind und legte sich ins Bett. Da war ihre Tochter zwanzig.

Die Alte besaß eine Holztruhe. Einen Sarg, der auf dem Dachboden stand. Sie kaufte ihn, als ihr Mann starb.

Die Tochter arbeitete in der Fischfabrik. Jeden Tag ging sie zur Arbeit und wieder zurück. Wechselte mit niemandem ein Wort. Sie sei tüchtig, sagten die Leute und hielten sich von ihr fern. Nie kam jemand auf Besuch bei ihnen vorbei.

Eines Tages spielten wir Verstecken, und plötzlich stand ich vor der Alten, die auf einem Hocker vor dem Haus saß. Sie drehte langsam den Kopf in meine Richtung und sah mich an, ihre Augen waren weiß. Wie die Kugeln in gekochten Fischaugen.

Das Mädchen sagte, sie sei eine Hexe.

Die schwarzen Frauen hatten viele Katzen, die unter ihrem Vorratsschuppen wohnten und ständig Junge bekamen. Sie waren wild.

Einmal spielten wir an einem Sonntagmorgen draußen, als seltsame Geräusche aus dem kleinen Haus drangen. Jemand heulte. Es hörte sich an wie ein großer Hund. Wir rannten hin, und da stand sie.

Die Jüngere.

Stand in der Tür und heulte. Sie hatte kein Kopftuch um. Ihr Haar war zerzaust. Schwarz mit breiten grauen Strähnen.

Wir liefen Erwachsene holen. Zwei Männer gingen hinein, um sie zu beruhigen. Sie brachten sie dazu, mit ihnen in die Küche zu gehen. Wir schlichen mit ins Haus. Wir mussten einfach sehen, wie es da drinnen aussah. Es war dämmrig und ordentlich und roch nach Bohnerwachs und Wollsachen. Sie stand mitten in der Küche und weinte in einem fort. Die langen Arme baumelten an der Seite herab. Ihre Hände ballten sich zusammen und öffneten sich wieder, immer und immer wieder. Sie weinte, aber es kamen keine Tränen. Nur diese seltsamen Laute, so als würde in ihrem Inneren jemand sitzen und auf eine Hupe drücken.

Einer der beiden Männer ging ins Schlafzimmer. Als er wieder herauskam, schüttelte er nur den Kopf. Da verstummte die Tochter. Blickte zur Schlafzimmertür. Dann flüsterte sie flehentlich:

»Ich habe mich um dich gekümmert. Ich habe mich um dich gekümmert.«

An diesem Abend sahen wir im Wohnzimmer Licht. Wir hoben uns gegenseitig hoch und lugten durchs Fenster. Da lag die Tote in ihrem Holzsarg. Am Kopfende brannten zwei Kerzen auf einem kleinen Tisch. Die Tochter stand am anderen Ende und blickte starr auf ihre Mutter. Wir pflückten in einem Garten ein paar Osterglocken, legten sie vor die Tür auf die Steinstufe und klopften an, bevor wir wegliefen und uns versteckten. Etwas später gingen wir wieder zur Haustür. Die Osterglocken lagen zerrupft über den ganzen Garten zerstreut. Ich hob eine auf. Eine goldene Hupe. Die Hupe, die diese Geräusche in ihr gemacht hatte, musste schwarz sein.

Als wir uns an diesem Abend auf den Heimweg machten, gingen wir zuerst alle mit denen mit, die am weitesten weg wohnten. Schließlich waren nur noch das Mädchen und ich übrig, wir gingen den Weg bis zur Mitte, dann rannte jede das letzte Stück zu sich nach Hause. Der Himmel war mit Sternen übersät. Es war so leer zwischen ihnen und mir und so weit nach Hause.

Als die Alte begraben werden sollte, brachten sie den Sarg nicht durch die Tür. Sie sägten ein Stück ab und versuchten es mit Gewalt. Schließlich nahmen sie das Wohnzimmerfenster heraus, um den Sarg aus dem Haus zu bekommen.

Tags darauf sahen wir die Tochter auf ihrem Weg zur Arbeit. Sie hatte das schwarze Kopftuch gegen ein schönes rotes vertauscht.

Aber nur an diesem ersten Tag.

Das rote Kopftuch

»Marna! Marna!«

Sie driftete hinaus in die Dunkelheit. Fühlte, wie die Freude der Wut wich. Warum konnte sie nicht einmal ruhig sein? Warum gönnte sie ihr nie etwas? Sie schlug die Bettdecke zur Seite und ging zu ihrer Mutter.

»Warum dauert das immer so lange, bis du kommst. Die halbe Nacht liege ich hier und rufe. Du weißt, dass ich hilflos bin, aber das kümmert dich nicht. Du denkst nur an dich.«

Die weißen blinden Augen leuchteten im Halbdunkel.

Marna spürte die Wut im Bauch wie eine geballte Faust. Sie war ihr vertraut, aber in letzter Zeit war sie fester geballt als sonst. Wollte zuschlagen. Hart zuschlagen.

Sie näherte sich dem Bett und trat in etwas Feuchtes.

»Was ist das?«

»Das sage ich doch«, meckerte die Stimme. »Ich bin völlig hilflos. Ich wollte aufstehen, aber der Nachttopf ist umgekippt. Gib mir ein Glas Wasser und schüttle das Kissen auf.«

Marna blickte auf das Glas und den Krug mit Wasser auf dem Nachttisch. Statt sich selbst einzuschenken, quälte die Mutter sie lieber. Wortlos schenkte sie das Glas voll, reichte es ihr und schüttelte dann das Kopfkissen auf. Ihre Mutter nahm einen kleinen Schluck.

»Es ist nicht kalt genug«, sie verzog die Lippen, ohne aber eine Antwort zu bekommen.

Marna holte einen Eimer mit Seifenwasser und wischte die Pfütze auf. Sie nahm den umgestürzten Nachttopf und stellte ihn wieder unters Bett.

»Ich glaube, das Bett hat auch etwas abbekommen. Ich habe mich dann nicht mehr getraut aufzustehen«, jammerte die Alte.

Marna biss sich auf die Lippen und holte ihrer Mutter sauberes Bettzeug. Half ihr in einen Stuhl und bezog dann das Bett. Als sie ihr einen verstohlenen Blick zuwarf, hätte sie schwören können, dass ihre Mutter lächelte. Wieder spürte sie die geballte Faust.

»Leg dich jetzt wieder hin«, sagte sie.

»Du brauchst gar nicht so ungeduldig zu sein.« Die Stimme klang beleidigt. »Ich habe mich um dich gekümmert. Jetzt kümmerst du dich um mich.«

Marna spürte, wie ihr ein Schauer über den Rücken lief. Wie oft hatte sie diese verfluchten Worte hören müssen. Sie hatten sich geradezu in ihr Gehirn eingemeißelt. Und das Schlimmste daran: Sie war sich ganz sicher, dass sich die Mutter kränker stellte, als sie war. Marna konnte an vielen kleinen Zeichen sehen, dass ihre Mutter auf war, wenn sie zur Arbeit war. Als sie ihr das einmal gesagt hatte, war die Mutter so böse geworden, dass Marna in der folgenden Woche kaum ein Auge zugemacht hatte. Noch einmal etwas zu sagen, hatte sie sich nicht getraut. Ab da war es immer nur schlimmer geworden.

Als Marna wieder in ihrem eigenen Bett lag, war sie hellwach. Sie versuchte, sich zu beruhigen. Das war das Schwierigste. Die Wut wieder loszuwerden, damit sie einschlafen konnte. Sie hatte das Gefühl, dass sie nur im Schlaf lebte. Sie versuchte, in der Fabrik so hart zu arbeiten, dass sie völlig erschöpft war, wenn sie nach Hause kam. Sie schlief wie ein Stein und träumte immer denselben Traum, aber nie bis zu Ende, weil die Mutter nach ihr schrie. Sie musste wissen, wie der Traum ausging. Sie *musste* es einfach wissen. Mehrfach hatte sie versucht, so zu tun, als hörte sie die Schreie nicht, aber aufgewacht war sie trotzdem. Ihr Herz klopfte.

»Ruhig. Ganz ruhig.«

Sie ging durch den Nebel. Ging weiter, immer weiter, ohne auf ihre Umgebung zu achten. Der lauwarme feuchte Nebel hüllte sie ein, setzte sich auf ihr lockiges schwarzes Haar, ihre Wimpern. Er machte alles so unwirklich, aber auch einfacher, weil sie nichts sehen musste. Sie konnte einfach nur durch ihre kleine graue Welt gehen.

Sie versuchte, jeden Gedanken an das, was hinter

ihr lag, loszulassen. Ging mit dem kleinen Bündel, ihrem einzigen Gepäck, geradewegs in die Zukunft hinein. Doch so einfach wollten sich ihre Gedanken nicht zähmen lassen. Sie drängten sich in den Vordergrund, und Tränen liefen ihr übers Gesicht. Hastig wischte sie sie mit dem Ärmel ihres Pullovers weg.

Sie war schon lange unterwegs. Sie hatte keine Ahnung, wo sie sich befand. Im Nebel sah alles gleich aus. Sie folgte einem Bergpfad. Das Gelände schien jetzt felsiger zu sein, das Gehen wurde mühsamer. Der Nebel war nicht mehr so feucht, und durch den Dunst konnte man das warme Sonnenlicht spüren. Die Sonne war nicht zu sehen, aber sie glitzerte in den Tropfen, die alles bedeckten.

Sie hörte den Regenbrachvogel und die Bekassine, den Austernfischer und einen anderen Heidevogel, den sie nicht kannte. Wie traurig ihr Rufen klang. Ob Vögel auch Gefühle hatten?

Bei einem Busch blieb sie stehen und pflückte ein paar Beeren. Sie waren sauer und bitter. Da floss ein kleiner Bach, und sie legte sich auf den Boden, um zu trinken. Das Wasser war erfrischend kalt. Eine Forelle glitt vorbei und berührte ihre Lippen. Es fühlte sich wie eine Liebkosung an.

Sie setzte sich auf einen Stein, um auszuruhen. Spürte in jedem Körperteil die Müdigkeit. Solange sie in Gedanken versunken dahingegangen war, hatte sie nichts gemerkt. Mehrere Stunden lang war sie so gelaufen.

Sie blickte zurück auf den Weg, den sie gekommen war, doch da war kein Pfad. Sie musste irgendwann von ihm abgekommen sein. Sie konnte die Hand vor Augen nicht sehen, aber das war egal. Sie würde ohnehin nie wieder nach Hause zurückgehen. Sie fühlte sich traurig und durcheinander.

Der kleine Bach raunte. Da, wo er entlanglief, war alles so grün. Am Ufer des Baches hing ein großes Spinnennetz. Die Spinne war nirgends zu sehen, aber im Netz hingen einige Insekten. Still, schwach, entkräftet. Eine Fliege kämpfte zappelnd um ihr Leben.

Warum musste es immer so sein? Sie sah das Mädchen vor sich, wie es im Schuppen hinter dem Holzgitter stand. Warum kam nie jemand zu Hilfe?

Sie blickte einen Augenblick starr vor sich hin, dann befreite sie die Fliege vorsichtig aus dem Netz. Der eine Flügel war verdreht. Sie ließ die Fliege eine Weile auf ihrer Hand sitzen, damit sie sich erholte, dann pustete sie sie weg.

Ziellos ging sie weiter, bis es zu dämmern begann. Ihre Beine zitterten, ständig stolperte sie.

Da sah sie aus dem Nebel eine Hütte auftauchen. Sie ging zu dem kleinen, schmutzigen Fenster und blickte hinein. Es war kaum etwas zu erkennen, also ging sie zur Tür und drückte die Klinke herunter. Quietschend öffnete sich die Tür. Sie trat ein und sah sich um. Es roch muffig und abgestanden, aber es war gemütlich, wenn auch ein wenig eng. Eine

Pritsche, auf der eine Decke lag, ein Tisch und ein Stuhl, ein kleiner Holzofen und eine Petroleumlampe. Auf dem Herd stand ein alter Kessel, daneben lag etwas Brennholz auf dem Boden. Und eine große Schachtel Streichhölzer.

Sie nahm das Bündel mit dem Proviant von der Schulter und besah sich die Lampe; schließlich hatte sie heraus, wie man sie anzündete. Als sie den Glaszylinder wieder nach unten schob und die Flamme aufdrehte, atmete sie erleichtert auf. Im Dunkeln sitzen zu müssen, wäre kein Vergnügen gewesen. Sie ging zur Tür und schloss sie.

Ihr knurrte vor Hunger der Magen. Den ganzen Tag hatte sie nichts gegessen, aber sie hatte zwei Scheiben Brot und eine Flasche mit Saft dabei.

Sie leerte die Flasche in einem Zug, doch als sie in das Brot biss, schien es im Mund immer größer zu werden. Sie legte es zur Seite. Saß eine Weile unentschlossen da und ging dann nach draußen.

Es war jetzt fast dunkel. Sie hörte die Stille raunen. Die Vögel schliefen, und das sollte sie auch tun, doch trotz der Erschöpfung in Körper und Seele war sie überhaupt nicht müde.

Die helle Sommernacht und der Nebel wirkten inzwischen ein wenig unheimlich. So als bedrängten sie sie von allen Seiten. Sie ging wieder hinein, machte die Tür zu und sah nach, ob sie ein Schloss hatte, aber da war keins. Dann versuchte sie, Feuer im Herd anzumachen, aber es gelang ihr nicht.

Sie wickelte sich in die grobe Decke und legte sich mit den Händen unter dem Kopf auf die Pritsche. Es war ziemlich hart. Sie stand wieder auf und knüllte ihre Jacke zu einem Kissen zusammen. Dann legte sie sich wieder hin.

Sie könnte einfach hierbleiben. Oder wenn sie einfach sterben würde? Vielleicht fanden sie sie erst nach langer Zeit. Der Gedanke gefiel ihr. Sie sah ihre Mutter vor sich, wie unglücklich sie war. Wie sehr sie alles bereute. Sie sah einen weißen Sarg mit roten Rosen, und sie weinte mit den Trauernden, denn sie war eine von ihnen. Die Rosen waren ja für sie bestimmt, die Mutter hatte sie ihm nachgeworfen, als sie ihn fortgejagt hatte.

Wie einen Hund.

Durch ihre Tränen hindurch sah sie in der Ecke ein Regal. Dort lag ein Buch. Vielleicht fand sie darin etwas zu lesen, das sie dieser traurigen Stimmung entriss, wenngleich sie sich gar nicht sicher war, dass sie das überhaupt wollte. Sie stand wieder auf.

Das Buch war mit dickem Staub bedeckt. Sie bürstete es notdürftig ab und legte es auf den Tisch. Setzte sich dann auf den Stuhl und zog die Lampe näher zu sich heran.

Das Buch war in einer alten schnörkeligen Schrift geschrieben. Sie versuchte, die erste Seite zu entziffern. Ab da ging es besser. Ein Märchenbuch. Alte, unheimliche Märchen.

Sie las, bis sie hier vor dem dunklen Fenster ein

unheimliches Gefühl beschlich. Wenn da draußen irgendjemand war, war sie deutlich zu erkennen, während sie nur ihr eigenes Spiegelbild sah.

Sie stand auf und wandte dem Fenster den Rücken zu. Es war so kalt hier. Wenn sie es doch nur geschafft hätte, den Herd anzuzünden. Unschlüssig stand sie da und sah sich um, da fiel ihr Blick auf das Papier, mit dem sie ihr Brot eingewickelt hatte. Vielleicht sollte sie damit versuchen, Feuer zu machen?

Ja. Jetzt klappte es. Langsam wurde es warm in der Hütte. Sie legte sich wieder auf die Pritsche. Und sofort kehrten die quälenden Gedanken zurück. Sie war so müde.

Was war das? Sie setzte sich auf und lauschte angestrengt. Jetzt war es völlig still. Gerade als sie sich wieder hinlegen wollte, war das Geräusch wieder da. Dieses Mal näher.

Es war ein Hund, der heulte. Vielleicht sah er das Licht. Sie machte die Lampe aus und starrte durch das kleine Fenster. Ihre Augen hatten Mühe, sich nach der Helligkeit an das Dunkel zu gewöhnen. Sie zitterte. Vor Kälte und Angst. Das Feuer im Herd war erloschen.

Da war das Heulen wieder. Dieses Mal ganz nah. Sie meinte, auch den Hufschlag eines Pferdes zu hören. Sie ging zur Tür. Zögerte einen Augenblick. Öffnete sie dann und ging hinaus.

Aus dem dunklen Nebel kam zuerst der Hund.

Er war groß und schwarz. Kurz vor der Hütte blieb er stehen und blickte zurück.

Dann tauchte ein Pferd auf. Auf ihm saß ein Mann. Auch er hielt in einiger Entfernung. Sein Gesicht konnte sie nicht erkennen, aber sie spürte, dass er sie ansah. Unsicher stand sie da und wusste nicht, ob sie etwas sagen oder wieder hineingehen sollte, aber sie fürchtete sich nicht.

Er streckte die Hand nach ihr aus, und sie ging zu ihm. Er hob sie aufs Pferd und ritt los.

Die Bewegungen des Pferdes waren so geschmeidig. Ganz anders, als sie sich das Reiten vorgestellt hatte. Es war, als würden sie durch die Nacht fliegen. Als berührten die Hufe gar nicht den felsigen Untergrund. Der Hund lief neben dem Pferd, er war jetzt ganz ruhig. Weißer Atem kam aus seiner Schnauze.

Der Nebel begann, sich zu lichten. Schwarz leuchteten die Inseln gegen das rote Gold des neuen Morgens. Sie ritten immer weiter, und sie spürte, wie eine Last von ihr abfiel, wie Freude und Lachen aufwallten.

Sie konnte nicht mehr traurig sein, sie fühlte sich schön und frei. Sie drückte sich noch fester an ihn und presste ihr Gesicht gegen seinen Rücken. Er roch nach sauberer Kleidung und Sommernacht.

Als er sich umdrehte, sah sie, dass er sie anlächelte, obwohl sie sein Gesicht nicht genau erkennen konnte. Er nahm ihre Hand in seine warme und hielt sie so, während sie weiterritten.

Bei einem halb verfallenen Schafunterstand blieb das Pferd stehen. Der Hund lief hinein, und als sie ihm folgten, sah sie, dass hier eine Stube war. Das Licht darin war diesig. Einige Leute gingen verschiedenen Beschäftigungen nach. Einer stand mit erhobenen Armen da und versuchte, einen blassen Lichtstreifen zu fangen, der durch eine Öffnung in der Zimmerdecke fiel. Eine Frau schien den Boden zu fegen, obwohl sie nichts zum Fegen hatte. Eine zweite knetete Brotteig, aber unter ihren Händen war nichts. Die Übrigen saßen oder lagen herum, als warteten sie auf etwas. Zwei junge Mädchen kamen auf sie zu und führten sie hinaus. Sie flochten Wiesenblumen in ihr Haar und zogen ihr ein Kleid an, das so leicht und dünn war, als wäre es aus dem Nebel draußen gemacht. Dann brachten sie sie wieder zu den anderen.

Sie bildeten einen Reigen, und er tanzte neben ihr. Sie tanzten zu einer wundersamen Musik, die anders war als alles, was sie bisher gehört hatte, aber keiner sprach ein Wort. Dann tanzten sie beide in der Mitte des Reigens, er fasste sie an der Taille, sie hatte die Arme um seinen Hals gelegt und blickte in seine sanften braunen Augen.

Wie sehr sie ihn liebte.

Als sie zur Seite blickte, sah sie die Gesichter der anderen an ihnen vorbeiziehen. Alle lächelten, bis auf ein junges Mädchen, das sie die ganze Zeit unverwandt anstarrte. Sie erinnerte sie an jemanden. Traurigkeit lag in ihren Augen.

Sie tanzte und schwebte, und das Kleid umgab ihren Körper wie eine Liebkosung. Sie fühlte sich jung und glücklich, aber ihre Augen suchten unablässig das traurige Mädchen.

Nun wurde es drinnen dunkler, und die Musik verstummte. Sie lächelten nicht mehr. Jetzt wusste sie, an wen das Mädchen sie erinnerte.

An sich selbst.

Der Hund wartete bereits neben dem Pferd, und sie ritten denselben Weg zurück. Sie hatten lange getanzt, doch draußen war alles unverändert. Das Rot und Schwarz der Nacht, dazu einige Nebelschleier. Wenn es doch nur nie enden würde. Sie hatte die Arme um ihn geschlungen und spürte seinen warmen Rücken an ihrem Gesicht.

»Das ist es, was ich will«, flüsterte sie.

Bald hatten sie die Hütte erreicht. Er hob sie vom Pferd und führte sie hinein. Er nahm ihr Gesicht in seine warmen Hände und küsste sie. Mit ernsten Augen blickte er sie an, und sie sah die Wehmut in seinem Blick …

»Marna. Marna!!«

Nicht schon wieder. *Nicht schon wieder.* Ihre Beine gingen wie von selbst ins Schlafzimmer. Sie hörte nicht, was die Mutter sagte, so aufgebracht war sie. Das Herz klopfte ihr bis zum Hals, der sich trocken anfühlte. Sie nahm das Kopfkissen und presste es mit beiden Händen zusammen, während sie auf den brabbelnden zahnlosen Mund und die weißen Augen starrte.

Es wäre so einfach. So unglaublich einfach …

In diesem Augenblick sah die Mutter sie an. Ihre Augen waren nicht mehr weiß. Sie waren wie damals, als sie ein Kind war: blassblau, selbst hier im Dämmerlicht des Schlafzimmers. Marna wich einen Schritt zurück.

»Ich wusste, dass du hässlich werden wirst«, sagte die Mutter leise, und eine Art Lächeln glitt über den eingefallenen Mund.

»Ich wusste es.«

Die Beerdigung war vorbei. Sie ging durchs ganze Haus und riss die Fenster auf. Putzte alle Zimmer, bis es überall nach Seife duftete. Als sie ins Bett ging, war sie todmüde. Endlich. Endlich.

In der ersten Nacht träumte sie gar nicht. Beim Aufwachen wollte sie fast nicht glauben, dass es Morgen war. Blieb eine Weile reglos liegen. Dann beruhigte sie sich. Das würde sich noch geben. Sie musste zur Arbeit gehen. Alles musste wieder seine gewohnte Ordnung haben.

Schon aus der Tür, blieb sie stehen und ging noch einmal hinein. Sie nahm das schwarze Kopftuch ab und tauschte es gegen ein rotes, das ganz unten in der Schublade der kleinen Kommode lag.

Diese Nacht träumte sie, aber der Traum war nicht ganz derselbe. Statt in dunkle Gedanken versunken zu sein, hastete sie vorwärts. Der Schweiß brach ihr aus, so schnell lief sie. Beim Spinnennetz angekommen, nahm sie sich nicht die Zeit, die

Fliege aus dem Netz zu befreien, sondern versetzte ihm einen Fußtritt, dass die Fliege an ihrem Schuh hängen blieb.

Endlich. Da war die Berghütte. Sie ging hinein und zündete die Lampe an, doch als sie sich umdrehte, saß auf der Pritsche die Mutter mit ihren weißen Augen und lächelte bösartig.

»Du hast dich um mich gekümmert. Jetzt kümmere ich mich um dich.«

Samuel

Der Mann hatte einen so merkwürdig hopsenden Gang. Das helle Haar stand wirr vom Kopf ab. Die Hände auf dem Rücken, ging er etwas nach vorne gebeugt. Völlig in sich versunken. Sein Mund bewegte sich, als redete er mit jemandem.

Wir liefen im Gänsemarsch hinter ihm her. Äfften ihn nach und lachten. Er sah uns nicht. Seine blauen Augen waren auf etwas in weiter Ferne gerichtet.

Der lange, helle Mantel, der fast auf den Boden reichte, war mit Farbflecken übersät. Er malte Bilder in einem Keller. Er sprach mit niemandem.

Manchmal war er eine Zeit lang weg. Dann saß er im Krankenhaus in der »Zelle«.

Das Mädchen wollte ihn jeden Tag sehen. Sie ging hin, egal ob wir mitwollten oder nicht. Stand draußen vor dem Zaun und sah zu, wie er an den Gitterstäben rüttelte, die vor dem Fenster angebracht waren. Wir hüpften in die Luft und schnitten Grimassen, bis er wütend wurde, und versteckten uns dann hinter dem Zaun. Sie aber schaute nur zu ihm hinüber.

Einmal brach er aus und floh in die weißwattige Dunkelheit, barfuß, mit wehendem blutbeflecktem

Hemd. Seine Füße hinterließen Spuren im Schnee, und auf vielen Türklinken im Dorf waren blutige Fingerabdrücke zu sehen, die abgewaschen werden mussten.

Als er müde war, kehrte er in die warme »Zelle« zurück.

Dieses Mal war er lange weg, doch eines Tages ging er wieder an uns vorbei.

Als er an dem Mädchen vorbeikam, blieb er plötzlich stehen, starrte sie einen Augenblick an und strich ihr dann sanft über die Wange. Das Mädchen legte ihre Hand auf seine.

Als er wegging, weinte sie.

Sehnsucht

Samuel war so erregt, dass er kaum Luft bekam. Seine Hand zitterte vor Erschöpfung. Der Schweiß rann in Strömen über sein schmales Gesicht und zog Streifen über das auffällige Muttermal an seiner Wange. Die brennenden hellen Augen starrten rot gerändert auf die Leinwand. Dieses Mal würde es gelingen. Das spürte er.

Ja, ja. Das hatte er schon öfter gesagt. Aber noch nie war er seinem Ziel so nah gewesen. Sein ganzes Leben lang hatte ihn diese verdammte Sehnsucht vor sich hergetrieben, ohne dass er gewusst hätte, warum sie ihn quälte. Mehr als einmal hatte er versucht, sie loszuwerden, aber immer wenn er dachte, dass jetzt alles gut sei, war das Biest wieder da. Hatte die schmierigen scharfen Krallen in ihn gebohrt.

Schon als kleiner Junge hatte er sich herumgestoßen gefühlt. Zuerst hatte er versucht, an der Beziehung seiner Eltern teilzuhaben, aber sie verstanden ihn nicht. Sahen ihn an und fragten, was er denn wolle. Samuel wusste es selbst nicht. Er zuckte nur die Achseln. Sie schüttelten den Kopf, sahen ihn mit fremden Augen an, und die Distanz wurde noch größer.

Da sah er rot. Die Mutter sagte nichts, und der Vater lächelte und sperrte ihn ewig und drei Tage in den dunklen Schrank. Später hatte er sich gerächt. Sie hatten es nicht mehr lange gut miteinander gehabt, nachdem er von zu Hause ausgezogen war. Es gehört nicht viel dazu, eine Beziehung zu zerstören.

Aber immerhin hatten sie eine gehabt.

Dann war da dieses enge Verhältnis zwischen den anderen Jungen. Sie nannten es Freundschaft. Er verzog das Gesicht. Das war so, als würde man außerhalb eines unüberwindlich hohen Zauns stehen. Er hörte Geschrei und Lärmen und Lachen auf der anderen Seite, das zog ihn an, aber selbst wenn sie ihm zuwinkten und eine Strickleiter hinunterließen, schaffte er es nie nach oben.

Einmal hatte einer von ihnen ihn trotzdem zu sich nach Hause eingeladen. Dort waren sie mehrere Geschwister, und das Haus war sehr viel kleiner gewesen als das seiner Eltern.

Die Mutter kochte rote Sagosuppe mit Zimtstücken und Pflaumen und aufgequollenen Rosinen, und er durfte mitessen. Noch nie hatte er so etwas Gutes gegessen, doch vor lauter Zuhören und Zusehen hatte er die Suppe kaum runterbekommen. Sie waren so ausgelassen und freundlich. Das versetzte ihm einen Stich, und beim Abschied sagte er zu dem Jungen, dass diese Suppe ein menschenunwürdiger Fraß war und ihr Haus nicht besser als ein Hühnerstall.

Er freute sich, als er sah, dass seine Worte trafen. Dann drehte er sich um und rannte weg, einsamer als je zuvor.

Als Jugendlicher ging er zum Jahrestreffen einer christlichen Gemeinschaft in der Schule. Seine Mutter meinte, dass er dort hingehen solle, damit er anständige Interessen entwickele, jetzt, da er erwachsen würde.

Als er den Jugendchor sah und sie diese schönen Lieder singen hörte, spürte er, dass er genau danach gesucht hatte, und seine junge Seele sang voller Inbrunst mit. Hier gab es einen Zusammenhalt. Sie waren eins.

Anschließend ging er mit zur Andacht. Alle knieten nieder. Die Frau, die das Gebet sprach, war sehr ernst. Als sei es eine Sünde zu lächeln. Doch als er sie da knien sah, das braune Haar zu einem festen Knoten gebunden, wusste er, dass ihn irgendwie mehr mit ihr verband als mit den anderen Jugendlichen.

Dann aber hob sie die Stimme und bat Gott, Wächterengel vor die Tür zu stellen und ein Feuer davor zu entfachen, damit keiner hinausgelange, bevor nicht alle erlöst seien.

Seine Begeisterung wich Entsetzen, er sprang auf und stürzte verwundet zur Tür, als leckten bereits die Flammen an ihm. Er erwartete, den wachenden Engeln in die Arme zu laufen, aber draußen war nichts außer Dunkelheit.

Er lief die feuchten, mondhellen, stoppeligen Herbstwiesen hinauf, kniete noch einmal nieder und erflehte Rettung vor dem Feuer. Er sah eine Sternschnuppe, einen Funken auf dem Weg in die Ferne, und fasste sie als gutes Zeichen auf.

Seine Mutter hatte wegen der schmutzigen Konfirmationshosen geschimpft.

Später, als junger Mann, hatte ihn seine Suche zu den jungen Mädchen geführt. Eine folgte auf die andere. Alle wollten ihn retten. Und das musste er zugeben: In dem Augenblick, wo er mit einem Mädchen zusammen war, sie fest in den Armen hielt und sich eins mit ihr fühlte, in diesem Augenblick, wenn die Sterne explodierten, in diesem kurzen Augenblick fühlte er sich als ganzer Mensch.

Aber es war nie von Dauer. Er war immer so ernst und redete immer über dasselbe, und sie wurden seiner überdrüssig. Das machte ihm nicht viel aus. Er suchte weiter. Neu gefielen sie ihm sowieso am besten. Da waren sie sich so sicher, dass sie es schaffen würden. Er brauchte ihre Sicherheit. Ihre unbeirrbare Überzeugung, das zustande zu bringen, was die anderen nicht gekonnt hatten. Er glaubte ihnen. Jedes Mal. Er musste ihnen glauben.

Bald jedoch zeigte seine Sehnsucht wieder ihr bleiches Gesicht, und Samuel versuchte es mit der Nächsten.

Als er schließlich glaubte, die Richtige gefunden zu haben, heiratete er. Er war nicht mehr jung, wenn er jemals Frau und Kinder haben wollte, musste es jetzt sein. Die Beziehung zwischen Kindern und Eltern war ihm mehr als einmal aufgefallen. Da war etwas Besonderes. Etwas, das er als Kind nicht begriffen hatte.

Jahrelang hatte er es verleugnet. Doch vielleicht war das die Antwort. Eine Art von Gemeinschaft.

Jeden Sonntag ging er in einen nahe gelegenen Park. Er setzte sich auf eine Bank, und während er scheinbar Schwäne und Bäume betrachtete, beobachtete er Eltern mit ihren Kindern.

Ja, kein Zweifel. Und da war noch etwas. Fremde Männer und Frauen unterhielten sich über Gott und die Welt miteinander. Zu ihm setzte sich keiner. Er hätte genauso gut unsichtbar sein können. Vielleicht war er unsichtbar. Vielleicht existierte er gar nicht.

Eine Frau kam vorbei, und er streckte ihr die Zunge heraus. Sie sah ihn an, und er sah in ihren Augen, dass er existierte.

Einmal, als niemand in der Nähe war, legte er sich flach auf den Boden und blickte ins Wasser. Sein Spiegelbild schaukelte hin und her, schnitt eine Grimasse und änderte die Gestalt, war manchmal ganz verschwunden. Er blieb liegen, bis er Schritte hörte.

Samuel tat den großen Schritt. Er wurde Vater. Er bekam zwei gesunde Söhne. In den Kreißsaal wollte er nicht mit hinein. Das, meinte er, wäre dann doch irgendwie zu viel. Doch sobald der langweilige Teil überstanden war, war er zur Stelle. Er wartete draußen. Er zitterte vor Erregung. Jetzt würde auch er ein Teil von etwas sein. Ein Teil dessen, wonach er sich so gesehnt hatte.

Gleich als er ins Zimmer kam, sah er die Verbindung zwischen Mutter und Söhnen. Er schaute auf die kleinen Köpfe und in die Augen seiner Frau, die wie tausend Sternschnuppen leuchteten, und er fror und erstarrte vor Enttäuschung.

Er fühlte nichts. Überhaupt nichts. Nichts außer der vertrauten quälenden Sehnsucht. Alles war wie immer. Er wandte sich ab und ging.

Das war sein letzter Versuch. Er wurde noch vorsichtiger. Sein treuester Weggefährte im Leben war seine Sehnsucht. Als er das endlich begriffen hatte, hörte er auf, vor ihr wegzulaufen.

Ihm konnte sowieso niemand helfen. Er musste allein damit fertig werden. Aber irgendwann, schwor er sich, irgendwann würde er es diesem Teufel, der sein Leben ruiniert hatte, schon zeigen. Irgendwann würde er es schaffen.

Lange dachte er nach. Als Erstes musste er seiner Sehnsucht ein Gesicht geben. Damit sie sich nicht länger verstecken konnte.

Er kaufte Leinwand und Pinsel und alle Farben, die im Malergeschäft zu bekommen waren. Dann machte er sich an die schwierige Aufgabe, seinem Peiniger ein Gesicht zu geben. Er malte und malte. Gab sein ganzes Geld für Leinwand und Farbe aus. Er verkaufte sein Haus, und bald hatte er nichts mehr. Aber das war ihm egal. Solange er malte, hatte seine Sehnsucht keine Zeit, ihn zu quälen, das wusste er jetzt. Ja, Samuel musste lachen. Wie sich das Scheusal unter seinem Pinsel wand! Erst versuchte es, ihm den Rücken zuzukehren, dann die Seite, doch gnadenlos wurde es Strich für Strich aus der schwarzen Finsternis herausgetrieben, in der es sich versteckt hatte.

Samuel malte seine Sehnsucht in jeder erdenklichen Gestalt, aber er war noch nicht zufrieden. Er biss die Zähne zusammen. Sein Dämon war ein würdiger Gegner, das musste man ihm lassen.

Er hatte seine erste Ausstellung, und die unvollendeten Bilder seiner Sehnsucht fanden reißenden Absatz, auch wenn er nicht verstand, warum jemand sie besitzen und sogar an die Wand hängen wollte.

Es dauerte nicht lange, dann hatte er sich wieder ein Haus gekauft. Ein altes Haus, das mehrere Jahre lang leer gestanden hatte. Der Keller war nie ausgebaut worden. Zufrieden blickte Samuel sich um und wischte mit dem Ärmel einige Spinnweben weg. Die Decke war zwar etwas niedrig, aber es gab genug Platz zum Malen. Und das Dämmerlicht war genau richtig. Seiner Sehnsucht würde es hier auch gefallen.

Er malte, aber nie genug. Die Leute drängten ihn, mehr zu malen. Sie luden ihn zu Treffen und Ausstellungen ein, und der Wert seiner Bilder stieg.

Von außen gesehen, war er nicht länger einsam, aber das störte bloß. Alles, was er wollte, war, dieses eine Bild malen, seinem treuesten Weggefährten von Angesicht zu Angesicht gegenüberzustehen.

In dieser Nacht gelang es. Eine Woche lang hatte er nicht geschlafen. Nur gemalt. Er ahnte, dass der ersehnte Augenblick nah war. Ganz nah. Ganz nah.

Er ließ den Pinsel fallen und fuhr zurück, als er seinem alten Feind in die Augen blickte.

»Endlich. Jetzt habe ich dich, du Satan«, flüsterte er und blickte voller Abscheu auf sein Selbstporträt.

»Zu früh gefreut. Schach und matt«, flüsterte sein Porträt, während es mit einem Finger einen Farbstreifen über das Muttermal zog, und Samuel spürte, wie seine Hände feucht und klebrig wurden, sein Gesicht, sein ganzer Körper. Urplötzlich wurde er gegen die Leinwand geschleudert und starrte mit Entsetzen auf seine Sehnsucht, die triumphierend an seinem Platz stand und sich vor Lachen schüttelte.

»Hoffentlich bist du jetzt zufrieden, Bruder«, waren die letzten Worte, die er hörte, bevor die Tür zuschlug und die Farbe zu trocknen begann.

Als er endlich wieder an die Oberfläche kam, malte er dasselbe Gesicht immer und immer wieder. Ein ernstes Mädchengesicht mit dunklen, unergründlichen Augen.

An den Füßen

Der Flur mit den orangegelben Wänden und dem hellgrauen Linoleumboden war lang und schmal, und an seinem Ende standen die Schuhe. Vaters stets sorgfältig gebürstetes Paar, das er nur anzog, wenn er sich fein machte und zu einem Treffen ging, und Mutters Schuhe, die vorn ausgebeult waren wegen der schiefen Großzehen, und dann all die Gummischuhe und Stiefel. Auch die, die ich geerbt hatte, standen hier. An dem einen war die Sohle lose.

Die Krähe hüpfte ständig ins Haus und schiss sie voll, und Mutter scheuchte sie mit dem Besen wieder nach draußen.

Es war ein Spiel. Mutter ließ die Tür offen, damit die Krähe ins Haus konnte, und die Krähe hatte ihren Spaß daran, weil Mutter immer rasend wurde, wenn sie in den Flur schiss.

Ich ging in den Schuppen und zog hinter einer Dose mit Farbe ein Paar alte hellgrüne Sandalen mit hohen Hacken hervor.

Mutter hatte sie auf einem Foto an.

Ich pustete den Staub ab und ging damit zur Schule. Jetzt war ich auch jemand.

Sie lachten und zeigten mit dem Finger auf mich, und heiße, weiche Tränen gefroren zu stechenden Glassplittern, die erst wieder auftauten, als niemand in der Nähe war.

Da bekam ich ein Paar neue rote Schuhe, aber niemand nahm davon Notiz.

Schuhe

Er ging auf der mit Schneematsch bedeckten Straße. Starrte auf seine Schuhe, die in den tauenden Schnee einsanken. Rutschte ständig aus. Fand sein Gleichgewicht wieder, weil das Rückgrat anarbeitete gegen den Rest: Es ist alles egal. Fall nur. Brich dir alle Knochen im Leib.

Vor Kälte klebten die Haare in den Nasenlöchern zusammen. Als er die Hand hob, um sich die Nase zu reiben, war sein Arm schwer wie Blei.

Eine Frau, eine von diesen verrückten Läufern, keuchte so nah an ihm vorbei, dass der Matsch gegen seine Anzughosen spritzte.

Auf seinen hellbraunen Lederschuhen hatte die braune Soße bereits ihre Spuren hinterlassen. Wellenförmige Streusalzränder fraßen sich immer weiter Richtung Schnürsenkel. Statt auf Hochglanz poliert zu sein, sahen sie jetzt einfach erbärmlich aus. Fleckig wie der Mond in klaren Nächten.

Eine Art Schluchzen brach aus ihm hervor. Schuhe hatten ihm immer viel bedeutet. Sich ein Paar Schuhe anzuziehen, das löste ein ganz besonderes Gefühl bei ihm aus. Deshalb mussten sie immer schön sein. Er beurteilte auch andere Menschen nach den Schuhen, die sie trugen. Er wusste sofort, woran er bei ihnen war. Weil er immer nach unten sah, wenn er jemandem das erste Mal die Hand gab. Nicht zu fassen, dass die anderen das nicht verstanden. Es war eigentlich nicht zu übersehen.

Einer mit schmutzigen abgetragenen Schuhen war entweder arm oder hatte eine untüchtige Frau.

Das würden die meisten sagen.

Sie lagen falsch. Völlig falsch. Ein Mann mit schmutzigen Schuhen hatte Selbstvertrauen. Großes Selbstvertrauen. So großes Selbstvertrauen, dass er überhaupt keine Schuhe brauchte.

Je glänzender die Schuhe, umso geringer das Selbstvertrauen. Insofern war es gar nicht so schlecht, dass das nur wenige wussten. Die anderen sahen darin ein Zeichen, dass da jemand sein Leben im Griff hatte. Er versuchte zu lachen, und wieder war dieses schluchzende Geräusch zu hören.

Wegmarken. Wenn ein Mann zurückblickte, musste er Wegmarken sehen. Große oder kleine. Er sah nur eine Linie. Eine gerade Linie wie auf einem dieser Apparate, mit denen sie den Herzschlag messen. Also wenn da kein Herzschlag mehr war.

Er hatte es gerade so weit gebracht, dass er gut angezogen zur Arbeit gehen konnte, obschon seine Kunden nicht unbedingt zu den Leuten zählten, die darauf Wert legten.

Manche aber ließen sich davon täuschen.

Er putzte seine Schuhe selbst. Nie hätte er gewagt, das seiner Frau zu überlassen.

Bevor er abends zu Bett ging, bürstete und wienerte er das Paar, das er am nächsten Tag tragen wollte. Wenn er zufrieden war, legte er ein weiches Tuch über die Schuhe und stellte sie unten an die Hose, die frisch gebügelt auf dem Fußboden lag. Ebenso wie sein Hemd, sein Pullover und sein Jackett. Der Schlips lag auf dem Hemd, jetzt konnte er sehen, wie gut er am nächsten Tag aussehen würde. Ja, das da am Boden könnte er selbst sein. Zuunterst lagen, wie es sich gehörte, Unterwäsche und Strümpfe.

An den Hemdsärmeln waren die Manschettenknöpfe befestigt. Nach der Dusche, wenn er sich rasiert hatte, zog er sich genussvoll an. Peinliche Sorgfalt. Darum ging es doch. War das so schwer zu begreifen? Wenn er ganz zum Schluss die Schuhe anzog, strich er zärtlich mit der Hand über das Leder. Wie glatt sie waren. Kein einziger Fussel. Ein warmes Gefühl stieg in ihm auf. So wie man sich fühlt, wenn man mit der Zunge über die frisch geputzten Zähne fährt. Das war der Moment, der ihm am besten gefiel.

Doch was nützte das? Seine Augen füllten sich mit Tränen. Sie hatte jetzt alles verdorben.

Alles, was man über Schuhe lesen konnte, hatte er immer aufmerksam verfolgt. Was man bei ihrer Pflege verbessern konnte. Bevor er heute Morgen zur Arbeit ging, hatte er das Paar, das er am Tag darauf tragen wollte, in den Kühlschrank gestellt. Ab und zu gekühlt zu werden, sei gut für das Leder, hatte er gelesen. Kalte Füße gaben ja auch einen kühlen Kopf. Allerdings sollten sie vierundzwanzig Stunden lang kalt stehen. Er hatte das oberste Kühlschrankfach ausgeräumt und die Schuhe hineingestellt.

Als er von der Arbeit nach Hause gekommen war, hatte sich ihm ein grauenvoller Anblick geboten. Alle Schuhe, die er besaß, lagen kreuz und quer draußen im Garten verstreut. Einige waren mit Schnee bedeckt. Alle waren völlig durchnässt.

Der Hund lag da und kaute auf irgendetwas herum, und als er näher kam, sah er die letzten Reste seiner bordeauxfarbenen italienischen Schuhe in dessen Maul. Ihn verließen die Kräfte. Und jetzt ging er diese Straße entlang.

Wieder rannte ein Läufer an ihm vorbei. Diesmal so dicht, dass er vor Schreck das Gleichgewicht verlor. Sein Rückgrat war jetzt zu erschöpft, um ihn aufrecht zu halten. Er ließ den Rest fallen und spürte den Schmerz, als der Kopf aufschlug. Spürte den kalten, braunen Schneematsch an der Wange.

Und dann sah er sie. Sie stand einfach da. Groß. Wie groß sie war. Sie breitete die Arme aus, und er ging direkt auf sie zu. Sein Kopf reichte gerade bis an ihre üppige weiche Brust. Er presste sein Gesicht an sie. Sie duftete nach selbst gebackenem Brot und Seife.

Er versank in ihren kalten Augen und vergaß, nach unten zu sehen.

Leitern

Nachdem sie den kleinen Bruder im Kinderwagen angegriffen hatte, drehte Fías Mann der Krähe den Hals um. Wenn er nicht Tiere tötete, zimmerte Fías Mann für die Leute Leitern. Holzleitern. Kurze und lange für Heuschuppen und Häuserdächer. Einige benutzten ihre Leiter, um andere heimlich zu beobachten.

Die Frauen des Dorfes mussten auch nachts gut gekleidet sein.

Marjus der Verrückte durfte mithelfen. Er liebte Leitern. Er durfte sie glatt schmirgeln. Er stand in einem Meer von Sägemehl und schmirgelte und schmirgelte.

Dann strich er zärtlich mit seinen dicken Fingern über die Leiter und lächelte unheimlich mit heraushängender Zunge, während seine schwarzen Augen uns anstarrten.

»Leitern sind lebendig«, sagte er. »Weil sie aus Holz sind. Sie duften auch so gut. Hier, fühl mal.«

Er machte ein Zeichen mit der Hand, dass wir näher kommen sollten, aber solange er da war, trauten wir uns nicht, denn die Leute sagten, dass er eigentlich nicht frei herumlaufen sollte, und das

Mädchen sagte, dass auch er diese Augen habe, »du weißt schon«.

Als einmal niemand da war, berührten wir vorsichtig eine neue Leiter. Unsere Finger waren blau vor Kälte, die Leiter jedoch fühlte sich warm und weich an.

»Ich denke, sie *ist* lebendig«, sagte das Mädchen ängstlich.

»Jetzt nicht mehr«, erwiderte ich.

Die Himmelsleiter

Endlich war er fertig. Er betrachtete sie verzückt.

Die Himmelsleiter.

Er wollte den Unannehmlichkeiten entgehen, die der Tod mit sich brachte, und hatte sich eine Leiter gebaut, mit der er direkt in den Himmel steigen konnte.

Sie sollte mit ihm kommen. Beim Gedanken an sie lächelte er selig vor sich hin. Sah sie vor sich, ihr schönes helles Haar, das sie offen trug, wie gestern Abend, als er an ihrem Schlafzimmerfenster gestanden hatte. Er sah, wie sie auf ihn zukam und ihm mit ihrem sanften schönen Lächeln die Arme um den Hals legte und …

Ja, und dann konnten sie gemeinsam die Leiter hinaufsteigen.

Es war ein langes Stück Arbeit gewesen, aber dafür war die Leiter auch schön geworden. Er hatte sie geschliffen, bis es keine scharfen Kanten mehr gab. Wie glatt und weich sie war, wenn er mit der Hand darüber strich.

Er hatte auch Rillen in die Stufen geschnitten, damit sie nicht abrutschten. Er hatte an alles gedacht.

Zum Schluss hatte er sie weiß angemalt. Er hätte die Leiter lieber nicht gestrichen, aber er wusste, dass sie Weiß liebte.

Den Tod mochte er nicht. Er war einmal mit ihm zusammengetroffen, als seine Mutter starb. Damals hatte er entschieden, dass er nicht sterben wollte.

Wenn er an den Tod dachte, wurde er wütend. Und wenn er wütend wurde, passierte immer etwas. *Es* kam dann. Vor allem nachts, manchmal aber auch tagsüber. Es sagte ihm, was er tun solle. Es wusste immer alles besser, aber es war auch schon sehr lange hier.

Wenn *es* von ihm verlangte, etwas zu tun, das ihm nicht gefiel, legte er Musik auf und stellte sie ganz laut. Dann hörte er nichts. Doch sobald er einschlief oder die Musik aufhörte, war *es* wieder da.

Es hatte ihm auch gesagt, dass er die Himmelsleiter bauen sollte.

Er duschte lange und gab sich große Mühe, als er sein bestes weißes Hemd und den feinen schwarzen Anzug anzog. Sein Bauch war größer geworden, seit er die Hose das letzte Mal getragen hatte, und sie ließ sich nicht zuknöpfen. Er behalf sich mit einem Stück Schnur. Schlüpfte dann in die blanken schwarzen Schuhe. Sie glänzten genauso wie die Schuhe des Betreuers, der ihn ab und zu besuchte. Ein vernünftiger Mann. Sie beide hätten etwas gemeinsam, hatte er einmal gesagt.

Vor dem Spiegel im Flur übte er, wie er lächeln sollte. Erst drehte er den Kopf in die eine Richtung, dann in die andere. Er schenkte sich ein schiefes Lächeln und zwinkerte sich zu. Sie würde zugeben müssen, dass er ein hübscher Mann war mit seinem dunklen Haar und den schwarzen Augen. Seine Mutter hatte ihn auch ihren hübschen Jungen genannt.

Das Lächeln im Spiegel verschwand, und die schwarzen Augen wurden noch dunkler.

Aber sie war gestorben. Hatte ihn mit dem Vater allein gelassen. Er starrte in den Spiegel und spürte die Wut in sich aufsteigen, aber er kämpfte dagegen an. Nicht jetzt. Nicht in diesem entscheidenden Augenblick. Es durfte nichts misslingen. Nicht jetzt. Er beruhigte sich wieder und lächelte.

Am liebsten hätte er an ihre Tür geklopft und ihr von seinen Plänen erzählt, aber *es* hatte gesagt, er solle in der Nacht hingehen, wenn sie schlief. Ihm wäre es lieber gewesen, die Freude in ihrem Gesicht zu sehen, wenn sie hörte, dass sie die Auserwählte war.

Ja. Vielleicht hätte er es einfach so machen sollen, wie er selbst es wollte. Er rückte den roten Schlips gerade, fuhr sich noch einmal übers Haar und ließ die Haustür hinter sich ins Schloss fallen.

Ein schöner Abend. Vollkommen. Er sah die schwarze Silhouette der Himmelsleiter im Mondschein. Sie verschwand hoch oben im Himmel. Er seufzte zufrieden. Dann setzte er sich in den Lieferwagen und drehte den Zündschlüssel im Schloss. Der Wagen schnurrte wie eine Katze.

Er atmete tief ein. Wie er sich freute. In seinem Inneren schnurrte es auch. Bei dem Gedanken lachte er laut. Gleich würde er sie sehen. Sie berühren.

Auf den Straßen war kaum Verkehr. Er fuhr quer durch die Stadt und hielt vor ihrem Haus. Es war dunkel. Sie war sicher schon im Bett. Er sah sie vor sich, wie sie im Bett lag, die Haare auf dem Kopfkissen ausgebreitet. Ob sie wohl auf dem Rücken lag? Oder auf der Seite, sodass man ihre Wange sehen konnte?

Er würde sie nicht wecken. Er würde tun, was *es* gesagt hatte. Er wollte sie schlafen sehen.

Er zog etwas aus der Hosentasche, und einen Augenblick später ging die Tür lautlos auf. Er wusste, wo ihr Schlafzimmer war. So oft hatte er draußen vor dem Haus gestanden und ihr dabei zugesehen, wie sie sich zum Schlafengehen zurechtmachte. Das Fenster stand immer etwas offen, und die weißen Gardinen bewegten sich leicht im Wind. Sie waren nicht breit genug für das ganze Fenster.

Er wusste genau, wie es da drinnen aussah. Er war sehr oft hier gewesen, wenn sie zur Arbeit war. Er hatte in jeden Schrank und jede Schublade geschaut. Er kannte jeden Gegenstand in ihrem Schlafzimmer.

Sie hatte zwei große, weiche Teddybären auf dem Bett. Er drückte sie, wenn er hier war. Er hatte sich auch auf das Bett gelegt und den Duft ihres Nachthemds eingeatmet.

Es sagte, dass sie die Richtige sei. Nur sie selbst wusste es noch nicht, aber jetzt war der Augenblick da. Die Stunde der Wahrheit. Er lachte lautlos.

Wie eine Katze schlich er die Treppe in den ersten Stock hinauf. Ging dann nach links. Die Schlafzimmertür stand einen Spalt offen, und lächelnd stieß er sie auf.

Das Mondlicht schien durchs Fenster auf das Bett mit den blau geblümten Bezügen. Sie hatte das Bettzeug gewechselt. Ihm gefiel das blaue auch am besten.

Da lag sie. Er kniete sich neben das Bett und starrte sie gebannt an. Wie schön sie war. Sie lag auf der Seite, das Gesicht ihm zugewandt. Er beugte sich ganz dicht über sie und spürte ihren Atem an seinem Gesicht, wie einen leisen Lufthauch, der kam und ging.

»Prinzessin«, sagte er leise.

Sie öffnete langsam die Augen und sah ihn verständnislos an. Plötzlich ging alles schief. Statt froh und glücklich auszusehen, verformte sich ihr Gesicht zu einem lautlosen Schrei. Sie war nicht länger schön.

Es hatte ihn gewarnt, dass das passieren konnte, aber er hatte es nicht glauben wollen.

Mit der brennenden Enttäuschung kam die Wut.

Er packte sie grob an den Schultern und schüttelte sie. Versuchte, ihr zu sagen, wie gut sie es haben würden, versuchte, ihr von der Himmelsleiter zu erzählen, doch sie hörte überhaupt nicht zu. Sie schlug und kratzte ihn. Und sie schrie und schrie. Das Geräusch schnitt wie ein Messer durch seinen Kopf, und er versuchte, sie zum Aufhören zu bringen, aber sie war stark. Auch er schrie.

Er war unglücklich und wütend zugleich. Er legte seine Hand auf diesen schreienden Mund und ließ sie dort, bis sie endlich still war. Seine Ohren dröhnten, und sein Herz klopfte.

Jetzt lag sie ruhig da. Sie blickte zur Decke, aber sie sah nicht glücklich aus. Er streichelte zärtlich ihr Haar. Das schöne, helle Haar. Er erzählte ihr von der Himmelsleiter, und wie sie dem Tod ein Schnippchen schlagen würden. Sie antwortete nicht. Er lachte verliebt. Sie musste sich einfach erst von dieser Überraschung erholen.

Er hob sie auf und hielt sie ganz dicht an seinem Körper. Sie duftete so gut. Dann trug er sie nach unten zum Lieferwagen, legte sie auf die Ladefläche und wickelte sie behutsam in eine Decke. Schloss die Türen.

Er stand da und blickte die nachtstille Straße hinunter. Die Häuser warfen Schatten im hellen Mondlicht. Die Fenster funkelten wie dunkle Augen.

Vielleicht wäre es gemütlicher, wenn sie auf der Leiter zu mehreren wären.

Dritter Teil

Mit der Wirklichkeit tanzen

Es regnet in Strömen, ich will zu einem Vortrag und bin spät dran, da pralle ich, den Mantel als Regenschutz über dem Kopf, mit einem älteren Mann zusammen und werfe ihn fast um.

Wir halten uns aneinander fest, und ich setze zu einer Entschuldigung an, gerate aber ins Stocken, denn der Alte wirkt kein bisschen ärgerlich. Im Gegenteil. Er starrt mich an, als sei ich eine alte Bekannte, und hört offensichtlich kein Wort von dem, was ich sage. Ich murmele eine letzte Entschuldigung und versuche, mich von seiner Hand zu befreien, die mich festhält.

Plötzlich lässt er mich los und sieht zu Boden. Ich mache, dass ich von ihm wegkomme, aber beim Betreten des Gebäudes drehe ich mich um. Er steht noch an derselben Stelle und starrt mir nach.

Drinnen wartet das Mädchen. Wir haben uns zu diesem Kurs verabredet, um einige Tage zusammen zu verbringen. Wir wohnen gleich beim Kursort, und jeden Tag stehen vier interessante Vorträge zur Auswahl.

Aber wir sind uns immer einig, welchen wir hören wollen, und halten einander einen Platz frei.

Rasch gehen wir in den Saal, und erst nachdem der Vortrag begonnen hat, merke ich, dass wir im falschen Raum sind. Hier geht es um Labyrinthe. Ich sehe das Mädchen an, aber sie zuckt nur die Achseln und lacht. Wir bleiben sitzen.

Als wir nach dem Vortrag herauskommen, ist der Gang voller Leute, die auf dem Weg in die Cafeteria sind. Es ist Samstagabend, alle haben Lust, sich zu unterhalten und vielleicht ein Glas zu trinken.

»Komm. Wir brauchen jetzt etwas zum Runterspülen«, sagt das Mädchen. »Das war spannend, oder?«

Sie wirft das dunkle Haar zurück und strahlt, bis hinauf zu den eigenartigen Augen, die ihre Farbe mit dem Licht ändern. Manchmal sind sie grün, manchmal fast gelb.

»Doch«, erwidere ich, »aber irgendwie unheimlich.«

Sie lacht herzlich, und zwei Männer starren sie im Vorbeigehen an. Das ist nichts Neues. Sie zieht die Blicke an wie ein Magnet. Wir kommen an einem Tisch vorbei, auf dem selbst gemachte Dinge ausgestellt sind.

»Das sieht auch spannend aus.«

Neben ihren anderen Talenten ist das Mädchen auch künstlerisch begabt. Sie hat alles ausprobiert, was einen Versuch wert ist, aber aus irgendeinem Grund bleibt sie nie lange bei einer Sache. Ich betrachte die ausgestellten Sachen genauer. Zeichnungen, Bilder, kleine Objekte aus Ton und Pappe.

Überall seltsame Zeichen und Symbole. Ich sehe, dass sie mit dem Vortrag zusammenhängen, den wir gerade gehört haben. Mir sagt das alles wenig, aber das Mädchen ist davon nicht wegzubringen. Sie streicht leise lächelnd über die verschiedenen Gegenstände.

Dann gehen wir in die große Cafeteria. Stimmengewirr schlägt uns entgegen, die Stimmung ist ausgelassen und herzlich. Brennende Kerzen spiegeln sich in den Rotweingläsern. Wir bleiben kurz stehen und sehen uns nach freien Stühlen um.

Eine Frau kommt an uns vorbei. Sie hält einen Teller mit zwei Brotscheiben in der Hand. Als sie zu den anderen gehen will, hält das Mädchen sie auf und fragt, was das für ein Kurs sei, den sie besuchen. Er scheine sehr interessant zu sein, sagt sie und fragt, ob man daran teilnehmen kann.

Ihr Interesse ist so groß, dass ihr die Frau eine kleine Broschüre mit Informationen über ihre Arbeit gibt. Ich bekomme auch eine, und bevor ich sie in die Tasche stecke, werfe ich einen Blick darauf, um nicht unhöflich zu wirken. Alle möglichen Arten von Labyrinthen sind darin abgebildet. Auch die Zeichen, die ich in der Ausstellung gesehen habe.

Während die Frau noch immer mit ihrem Essen in der Hand dasteht, fragt sie, ob wir Lust hätten, den Kursleiter kennenzulernen.

Wir folgen ihr mitten in die vibrierende lebendige Menge, und sie geht auf einen älteren Mann zu, der in ein Gespräch mit einem jungen Mädchen vertieft ist. Die Frau sagt etwas zu ihm, und sofort steht er auf und kommt zu uns herüber.

Er ist es.

Der Mann, mit dem ich zusammengestoßen bin.

Er ist klein und schmächtig, ein wenig gebeugt. Sein Gesicht ist schmal, und das bisschen Haar, das er noch hat, kräuselt sich ungekürzt im Nacken.

Am auffälligsten jedoch sind seine Hände. Schmale, feingliedrige Hände mit langen Fingern. Er hat auch lange Fingernägel. Sorgsam polierte, in Form gefeilte Fingernägel. Oval, wie bei einer Frau. Schöne Hände, die überhaupt nicht alt wirken. Seine Augen blicken freundlich, ein wenig müde.

Das Mädchen wiederholt, wie sehr sie das Thema interessiert, und er fragt, ob wir sehen wollen, wie man ein Labyrinth zeichnet.

Das Mädchen ist begeistert, und wir setzen uns in einen anderen Raum, wo wir ungestört sind. Wie immer versuche ich, am Rand zu bleiben, sodass ich, anstatt mitzumachen, zuschauen kann, aber sie setzen sich so, dass ich in der Mitte bin.

Der Mann nimmt ein großes weißes Blatt Papier, legt es auf den Tisch und zeichnet mit sicherer Hand ein Labyrinth. Als er fertig ist, soll das Mädchen es versuchen.

Der Mann ist aufgestanden und steht jetzt hinter mir. Er legt mir die Hand auf die Schulter, und ich werde nervös. Ich habe das Gefühl, zu etwas gedrängt zu werden, was ich nicht möchte. Gebannt folge ich den Strichen des Bleistifts, den das Mädchen in der Hand hält.

Das lernt man nicht von einmaligem Zusehen, denke ich. Da kann sie noch so begabt sein. Das macht sie nicht zum ersten Mal.

»Jetzt bist du dran«, sagt sie, und als der Alte seine Hand wegnimmt und ein neues Blatt vor mich hinlegt, atme ich erleichtert auf, sage aber, dass ich lieber zusehen möchte.

»Na. Da traut sich jemand nicht«, murmelt er und legt das Papier beiseite.

Die Stimmung ist etwas gedrückt, und ich fühle mich beschränkt. Warum muss ich immer so schroff sein? Der Mann ist freundlich. Immerhin hat er die gemütliche Runde verlassen, in der er saß, nur um uns die Labyrinthe zu zeigen.

»Wo sind sie?«, frage ich, um etwas zu sagen. Das Gesicht des Mannes hellt sich auf.

»Überall auf der ganzen Welt«, sagt er. »Das ist das Faszinierende an ihnen. Wie alt sie sind, weiß niemand genau. Manche sind auf mindestens 3000 Jahre vor unserer Zeitrechnung datiert.«

Er lehnt sich über den Tisch und senkt die Stimme.

»Merkwürdig ist aber, dass sie einander so ähnlich sind. Egal ob in Indien oder Finnland, das Muster ist dasselbe. Die Indianer hatten ihre, wir hatten unsere.«

Er schweigt. Zögert ein wenig.

»Übrigens gibt es hier ganz in der Nähe die Überreste von einem.« Er sieht uns an, als müssten wir größeres Interesse zeigen. Als wir nichts sagen, fährt er fort:

»Manche kann man nur vom Flugzeug aus erkennen, so groß sind sie. Man hat entdeckt, dass dort, wo sich ein Labyrinth befindet, auch eine Quelle entspringt. Diese Orte galten als heilig, und Ausgrabungen haben gezeigt, dass hier auch Kirchen oder Tempel standen, wobei der Altar immer in eine bestimmte Richtung wies.

Ihr Zweck war je nach Land unterschiedlich. In einigen hielt man in den Labyrinthen Ungeheuer und schickte junge Mädchen und Jungen als Opfer hinein. Die Christen übernahmen das Labyrinth als Symbol des ewigen Lebens. In der Mitte wartete der Tod, und ohne die Hilfe höherer Mächte kam man nicht wieder heraus.

Es gibt verschiedene Arten. Einige haben viele Sackgassen, sodass man schnell die Orientierung verliert.«

Wieder schweigt er.

Das haben wir alles schon im Vortrag gehört, murmele ich stumm. Ich will weg hier.

»Und dann gibt es solche wie in Chartres. Solche, wie du eins gezeichnet hast«, sagt er zu dem Mädchen.

»Sie sind etwas ganz Besonderes. Ungeheuer einfach.«

Seine Augen leuchten, als er weiterspricht.

»Sie symbolisieren die Reise des Lebens, bei der die Herausforderung nicht darin liegt, zwischen zwei Möglichkeiten zu wählen, sondern mit der Wirklichkeit zu tanzen.«

Das Mädchen sitzt schweigend da. Das ist sonst gar nicht ihre Art. Beide sehen mich an, und ich fühle mich in die Ecke gedrängt.

»Was ist ihr wirklicher Zweck?«, frage ich schließlich.

Er antwortet ausweichend.

»Eine große Frage.«

»Erklär mir das genauer«, sage ich.

Er blickt vor sich hin und setzt zögerlich zu einer Erklärung an.

»Labyrinthe sind über Energiezentren der Erde erbaut worden. Durch ihre verschlungene Form verteilt sich die Energie gleichmäßig und kann so gezielt auf diejenigen wirken, die das Labyrinth betreten. Es verstärkt die guten Kräfte eines Menschen.«

»Oder die bösen«, flüstere ich.

Er sieht mich an, sein Blick ist weder müde noch alt. Eine Sekunde nur zögert er, dann wiederholt er ruhig:

»Oder die bösen.«

Er ist wirklich völlig von der Sache besessen, versucht aber, es nicht zu zeigen.

»Das Merkwürdige ist, dass man in einem Labyrinth nie weiß, wo man sich gerade befindet.«

Ich spüre, dass das, was er sagt, noch eine andere

Bedeutung hat, und mir kommen diese Worte in den Sinn:

»Zieh deine Schuhe aus, du berührst heiligen Boden.«

Als wir schließlich aufstehen, merke ich, dass wir zwei Stunden hier gesessen haben. Schweigend laufen wir ein Stück. Tausend Fragen gehen mir durch den Kopf, ich will mit dem Mädchen darüber reden, aber sie sagt, sie sei müde und gehe schlafen.

Ich würde gern protestieren, halte mich aber zurück. Wir haben eine stillschweigende Vereinbarung: nichts zu Persönliches fragen und nicht aufdringlich werden.

»Ein merkwürdiger Mann«, sagt sie nur, und wir gehen jede auf ihr Zimmer, ich habe das Gefühl, irgendwie einen Sieg errungen zu haben, bin aber voller Unruhe. Andauernd schaue ich mich um. Das Licht auf dem Gang vor meinem Zimmer geht ständig aus. Wenn ich den Schalter gedrückt habe, muss ich schnell zur Tür rennen und aufschließen, bevor es wieder dunkel wird.

Ich laufe schneller als sonst, doch als ich an der Tür bin, ist der Schlüssel weg. Ich finde ihn nicht. Ich drehe noch einmal alle Taschen um. Dann geht das Licht aus. Ich taste mich zurück zu dem roten Lichtschalter und mache es wieder an. Ich suche wie verrückt. Kein Schlüssel.

Widerwillig gehe ich zurück zum Hauptgebäude und suche überall, wo wir gewesen sind. Auch in dem kleinen Raum, in dem wir mit dem alten Mann geredet haben. Nichts. Mittlerweile ist es spät, kein Mensch ist zu sehen. Es brennt kaum noch irgendwo Licht, alles liegt im Halbdunkel.

Notgedrungen rufe ich schließlich den Hausmeister an. Das Telefon klingelt einige Male, bevor endlich der Hörer abgenommen wird, aber es dauert eine ganze Weile, bis er mit einem Zweitschlüssel kommt. Er wirkt nicht begeistert.

Ich bedanke mich und laufe im Dunkeln vom Hauptgebäude wieder zum Haus Furubyrgið hinüber. Der Mond, der sich hinter einem der lang gestreckten dunklen Gebäude versteckt, wirft etwas Silber an den schwarzen Himmel, und ich erkenne die krummen Zweige, die den schmalen Weg überwuchern. Außer meinen eigenen Schritten ist nichts zu hören.

Fehlt nur noch einer, der heulend in den Büschen sitzt, versuche ich, mir selbst Mut zuzusprechen, und beiße die Zähne zusammen, aber ohne Erfolg.

Doch ich erreiche mein Zimmer mit heiler Haut, schließe hinter mir ab, mache das Licht an und ziehe die Gardinen vor. Bin einen Moment unschlüssig, ob ich etwas vor die Tür schieben soll, setze mich stattdessen aber an den kleinen Schreibtisch und schimpfe mit mir selbst.

Du warst schon immer nicht ganz richtig im Kopf.

Ich schreibe einige Zeilen, aber bald schweifen meine Gedanken ab, und als ich das nächste Mal aufs Papier sehe, habe ich nicht nur ein perfektes Labyrinth gezeichnet, sondern drei.

Ich starre sie an und merke, dass ich vor Kälte zittere. Ich zerkritzele die Bilder, bis von den Labyrinthen nichts mehr zu sehen ist und das Papier ein Loch hat. Dann knülle ich das Blatt zusammen und werfe es in den Papierkorb.

Der kleine Reisewecker auf dem Tisch zeigt an, wie spät es ist, aber ich bin hellwach. Ich mache das Licht aus und ziehe die Vorhänge wieder auf. Würdevoll steht der Vollmond draußen vor dem Fenster. Er beleuchtet alles in dieser engen Klosterzelle von einem Zimmer. Draußen nichts als schwarze Silhouetten.

Ich lege mich auf das schmale Bett und nicke ein.

Da klopft es an der Tür.

Ich liege stocksteif da und halte den Atem an. Es klopft wieder, und als ich keinen Laut von mir gebe, höre ich, wie ein Schlüssel ins Loch gesteckt wird. Langsam öffnet sich die Tür.

In der dunklen Türöffnung steht das Mädchen. Das Mondlicht glänzt in ihren Augen.

»Komm mit«, sagt sie. »Es ist an der Zeit, sich zu erinnern.«

Als ich mich weigere, sagt sie ruhig:

»Lass gut sein. Du hast es gezeichnet. Nicht nur einmal, sondern dreimal.«

Hinter ihr ist jetzt noch jemand zu sehen. Es ist der alte Mann.

»Komm«, sagt er und streckt die Hand aus. »Lass

uns dorthin gehen.« Ich stehe langsam auf und gehe mit ihnen.

Wir gehen über welkes, nasses Laub und feuchtes Gras, in den Pfützen zittert der Mond. Wir schweigen. Der Alte geht voran. Das Mädchen führt mich. Ihre Hand ist warm. Ich fühle nichts, ich will nichts. Der ganze Aufruhr, in dem ich mich vor wenigen Stunden befand, ist verschwunden. Er verschwand, als ich die Labyrinthe zeichnete. Wir gehen weiter. Die Füße stapfen durchs Wasser, aber ich friere nicht.

Das Mädchen drückt meine Hand.

»Weißt du, ich bin du. Ich bin der verborgene Teil von dir. Der Teil, der sich traut.«

»So, wir sind da.« Der Alte bleibt stehen, und als ich mich umsehe, gleiten sie aus der Dunkelheit heran. Im Mondlicht meine ich, einige von ihnen wiederzuerkennen.

Sie fassen sich an den Händen und bilden eine lange Kette. Ich befinde mich irgendwo in der Mitte. Dann beginnen sie zu tanzen. Ein gedämpftes, rhythmisches Geräusch ist zu hören, und alle fallen in den Takt ein. Ich schließe die Augen und unternehme einen letzten schwachen Versuch, dagegen anzukämpfen, doch langsam nimmt der Rhythmus auch mich gefangen, und ich merke, dass ich tanze.

Die Worte des alten Mannes kommen mir in den Sinn: »Sie gehen in die Mitte hinein, kehren um und kommen wieder heraus.«

Die Kette wogt hin und her, und mit jedem Schritt komme ich näher.

Ich tanze. Der Rhythmus ist kraftvoll und gleichmäßig. Wie Herzschläge. Freude und Trauer wogen durch die Kette. Als wir uns der Mitte nähern, sehen wir diejenigen, die vorn an der Spitze tanzen, wieder herauskommen.

Da. Da kommen sie.

Ich erkenne sie. Alle miteinander.

Da, wo sie herauskommen, steht ein großer grauer Ring. Einer nach dem anderen geht zu ihm hin und befestigt etwas daran.

Der Erste hinterlässt ein blaues klopfendes Herz, einer hängt einen Totenschädel auf, ein anderer ein rotes Buch, einer einen braunen Haarkamm, einer einen Seeigel.

So machen sie weiter, und wo die Gegenstände den Ring berühren, wechselt seine Farbe von Grau zu Grün, und mit jedem Gegenstand ändern sich in mir die Gefühle: Freude, Liebe, Hoffnung, Staunen, Sehnsucht, Trauer, Angst, Entsetzen. Alles ist dabei.

Nachdem der Letzte etwas aufgehängt hat und gegangen ist, blicke ich auf. Die Morgendämmerung färbt den Himmel rot, und ich spüre den Herbst. Gänse fliegen in einem großen V.

Ich gehe zu dem Ring, kneife den noch ungenutzten grauen Teil von ihm ab, befestige ihn zwischen den Schenkeln des V wie eine Schaukel – und setze mich darauf.

Das Gitter-Mädchen

Wenn es vorbei ist, macht sie eine kurze Pause, um sich wieder zu erholen.

Entweder hat er ihr nicht sonderlich gefallen, oder er hat ihr zu sehr gefallen. Sie muss das alles wieder von sich abwaschen. Sie muss neu sein, jedes Mal.

Mit der Zeit hat sie gute Jagdgründe ausfindig gemacht. Sie geht zu Fußballspielen, in Nachtclubs, in Bibliotheken oder zu einem Konzert, je nachdem, was für eine Art Mann es diesmal sein soll.

Sie ist wählerisch. Nimmt nicht jeden x-Beliebigen. Lässt sich viel Zeit, den absolut Richtigen zu finden. Sucht sich für mehrere Wochen einen Job in seiner Nähe.

Die Arbeitsplätze sind verschieden. Es kann eine Bar sein oder die Herrenabteilung eines Modegeschäfts. Das ist ihr gleich, sie belegt auch einen Kurs an der Universität, wenn sich herausstellt, dass er studiert.

Von mehreren solchen Kursen hat sie gute Zeugnisse. Sie kommen ihr zugute, wenn sie sich auf qualifiziertere Jobs bewirbt. Wo es ihr an praktischer Erfahrung fehlt, schreibt sie sich die Empfehlungsschreiben selbst. Verschafft sich Briefbogen mit dem Firmenlogo. Sie weiß, wer unterschreiben muss, und auch, wie seine Unterschrift aussieht. Ihre Vorbereitung ist perfekt.

In den ersten Jahren nahm sie einfach solche, die ihr gefielen, ohne besonderen Plan, doch mit der Zeit hat sich ein bestimmtes Muster herausgebildet. Jetzt steht die Quote fest. Zwei Männer pro Jahr.

Was es für einer ist, entscheidet die Jahreszeit.

Der Sommermann ist blond und hat blaue Augen. Ein lebhafter, gewandter, fleißiger Mann. In dieser Zeit des Jahres macht es ihr nichts aus, ab und zu allein zu sein. Aber er muss noch eine andere Seite haben. Er muss auch etwas von einem Träumer haben, der Augen hat für all das Schöne um ihn herum und sie daran teilhaben lässt. Der ihr Gedichte vorliest, während sie Hand in Hand durch die helle Sommernacht gehen, die so gar nichts von einer Nacht hat.

Der Wintermann hat braune Augen und schwarzes oder braunes Haar, eine leichte Melancholie umgibt ihn. Das gehört gleichsam zum Herbst dazu, und ihr gefällt diese Zeit des Jahres, in der sie mehr nach innen gekehrt sind, wie die Natur, die sie umgibt. Aber auch er hat eine andere Seite: Er kann gewalttätig sein.

Dunkel das Wesen wie die äußere Erscheinung.

Das mit dem Aussehen steht fest. Innerhalb dieses Rahmens kann sie so lange suchen, bis sie den Richtigen gefunden hat.

Dann macht sie sich ernsthaft ans Werk.

Zuerst verschafft sie sich Informationen darüber, wo er wohnt. Dann über seine Interessen, seine Vorlieben. Wenn nötig, leiht sie sich Bücher darüber aus, und am Ende weiß sie oft mehr über das Thema als er.

Wenn sie sich erst einmal entschieden hat, kann sie nichts mehr aufhalten. Sie lässt sich auch nicht beirren, wenn sich herausstellt, dass er verheiratet ist, oder wenn sie nach einer Weile merkt, dass er ihr absolut nicht gefällt. Das sind Kleinigkeiten, die den Reiz des Spiels nur erhöhen.

Sie legt großen Wert darauf, gut auszusehen, wenn sie das erste Mal mit ihm in Kontakt tritt. Nicht, dass sie hierfür großen Aufwand betreiben müsste. Das ist das Einzige, das sie je umsonst bekommen hat. Ihre Schönheit.

Sie ist voller Vorfreude. Ist aufgeregt, als würde sie auf eine lange Reise gehen, deren Ziel sie nicht kennt. Nichts steht von vornherein fest, nur dieses eine:

Dass sie den Kurs bestimmt.

Das ist das Beste daran. Das ist ihre Stärke.

Behutsam streichelt sie eine gelbe Rose, die in einer schlanken Vase auf dem weißen Nachttisch steht. Ihr Markenzeichen. Bald wird der Mann, den sie sich ausgesucht hat, sie mit gelben Rosen überschütten. Später wird er bei jeder gelben Rose, die er sieht, an sie denken müssen.

Sie ist schön wie eine Göttin, wie sie so nackt vor

dem Spiegel steht. Das Ritual ist wie von selbst entstanden. Sie hat es beim ersten Mal so gemacht, und seither muss es einfach so sein:

Sie streckt die Hände aus, als würde sie ihrem Spiegelbild etwas anbieten. In einer Hand hält sie ein winziges scharfes Taschenmesser, in der anderen eine große dunkelrote Erdbeere. Sie wiegt beide kurz in den Händen. Dann lässt sie das Messer auf den Boden fallen und beißt langsam in die Erdbeere.

Wie sie in die Badewanne steigt, lächelt sie.

Sie liegt lange im Wasser. In ihren Augen glänzen die brennenden Kerzen, die rings um die Wanne aufgestellt sind. Dicker duftender Schaum bedeckt das Wasser wie Sahne eine Geburtstagstorte.

Jedes Mal, wenn sie so im Schaum liegt, denkt sie dieses Wort, und jedes Mal streicht sie seinen ersten Teil. Sie hat nie Geburtstag gefeiert. Auch nicht als Kind. War deshalb auch nicht bei anderen eingeladen.

Doch. Elisabeth, wie sie sie im Stillen nennt, obgleich sie nicht so heißt, hatte sie zu ihrem Geburtstag eingeladen. Ihre beste Freundin, und dann der Totenkopf. Irgendwie sind beide zu einer Person verschmolzen, weil sie ständig an sie denkt. Und besonders stark, wenn die wirkliche Elisabeth da ist, als ein Gegengewicht. Die beiden sind wie zwei Seiten ein und derselben Sache. Die eine ist die Sonne, die andere die Finsternis.

Nur zusammen mit der Freundin kann sie sich

erlauben, einfach bloß da zu sein, denn sie spricht nie über die Vergangenheit.

Anders als Elisabeth.

Niemand sonst wollte das Gitter-Mädchen dabeihaben. Sie ist sich sicher, dass sie sie zu Hause immer noch so nennen. Sie ist seit vielen Jahren nicht mehr zu Hause gewesen. Was soll sie da? Die beiden besuchen?

Etwas zieht ihr das Herz zusammen, sie hält den Atem an, solange sie kann, dann lässt sie langsam los und atmet aus.

Das wird kaum passieren, genauso wenig, wie sie von sich aus die Kontrolle aus der Hand geben wird.

Dann steigt sie aus der Wanne und trocknet sich ab. Rasiert sich dort, wo es sein muss. Reibt sich mit duftendem Öl ein. Zart und glatt wie ein kleines Mädchen.

Bereits vor langer Zeit hat sie begriffen, dass die allermeisten Männer diesen Hang haben, obwohl sie es nie zugeben würden. Sie ist deshalb nicht enttäuscht. Hat ihnen nie vertraut, also macht es für sie keinen Unterschied.

Am ersten Abend ist die Spannung am größten. Da entscheidet sich, wie das Spiel weitergeht. Ob sie behutsam vorgehen muss oder gerade nicht. Ob sie ihm die Führung überlassen soll oder ob er geführt werden will.

Dann beginnt sie, ihn zu formen. Bringt ihn dazu, seine Vorlieben aufzugeben und seine Gewohnheiten zu ändern. Wenn er Raucher ist, bringt sie ihn dazu aufzuhören. Wenn er Alkohol ablehnt, bringt sie ihn zum Trinken. Bringt ihn dazu, genau das zu tun, worauf sie gerade Lust hat. Will sie Waffeln haben, muss er lernen, mit einem Waffeleisen umzugehen.

Wenn sie dann Schluss macht, ist er nicht mehr derselbe.

Ob sie gut aussehen oder nicht, ist ihr weitgehend egal, sie müssen nur den Anforderungen der Jahreszeit entsprechen.

Doch es gibt Ausnahmen. Manchmal machen sie es ihr zu leicht. Dann beendet sie die Sache schnell. Nach so einem braucht sie eine richtige Herausforderung. Dann nimmt sie einen von den Schönen, die jede Woche eine andere haben. Nimmt ihn allmählich auseinander. Das hat bis jetzt noch immer funktioniert. Sie ist nicht nur schön. Sie ist auch begabt. Versteht es, ihnen den Mond und die Sterne zu zeigen, und den Regenbogen dazu. In dieser Beziehung ist sie eine Meisterin. Ist in die Lehre gegangen, seit sie denken kann, und wohl vorher schon.

Manchmal arbeitet sie nachts. Sie weiß, wo sie hingehen muss. Schwarzes schnelles Geld reicht am längsten. Die Wohnung muss bezahlt werden. Die schöne Wohnung mit der großen Badewanne. Und es muss noch etwas Taschengeld für sie übrig bleiben. Sie sollen nicht denken, dass sie es nötig hat. Sie muss eine Herausforderung sein.

Längere Zeit mit anderen zusammen zu sein, das hält sie nur aus, wenn sie wegen eines Auserwählten eine Arbeit annehmen muss. Für den Richtigen tut sie alles, auch wenn es ihr viel abverlangt.

Sie fühlt sich dann, als hätte man sie zusammen mit irgendwelchen Leuten in eine grüne Flasche gestopft. Die Flasche wird in ein fremdes Meer geworfen und schaukelt auf den Wellen auf und ab, treibt bald hierhin, bald dorthin.

Wenn es ihr gelingt, wieder an Land zu kriechen, hat sie das Gefühl, einer großen Gefahr entronnen zu sein.

Das Grundmuster ist jedes Mal gleich. Zuerst sorgt sie dafür, dass er sich wohlfühlt. Gestattet sich auch den Luxus, sich zu verlieben. Genießt es unendlich, die Liebe in seinen Augen zu sehen. Genießt die starken Arme, die warmen Hände, die sie berühren, zärtlich oder grob. Genießt, dass sie ihn noch nicht kennt, dass er sie überraschen kann. Genießt es, nach Rissen zu suchen, die es immer gibt. Mal mehr, mal weniger verdeckt.

Nähern sie sich dann dem letzten Felsgrat unterhalb des eigentlichen Gipfels, sieht sie *ihn* in ihm. Blickt in den Abgrund, noch bevor er da ist, und fängt an, den Mann und das, was sie zusammen aufgebaut haben, zu zerstören. Es tut so schön weh, und sie kann ihm die ganze Schuld dafür geben.

Dann spielt sie Katz und Maus mit ihm. Den einen Tag ist sie die Verführerin auf einer Wiese im warmen Sonnenlicht, wo die Grashalme durchs Kleid piksen, tags darauf ist sie kalt und schön wie das Nordlicht.

Sie liebt den Regen. Sprühregen, Nieselregen, Sturzregen. Jede Art von Regen. Er erinnert an Tränen. Tränen, die jemand anderes weint. Sie geht hinaus, setzt sich mitten in den Regen und lässt sich nass tropfen. Lässt das Wasser aus den Haaren rinnen und sie unter den Kleidern liebkosen, bis ihre Haut schrumpelig und rau wird. Und sie erinnert sich, wie sie zu Hause, wenn zu lange die Sonne schien, auf dem Stängel einer Sumpfdotterblume blies, damit der Regen käme. Die Stängel pflückte sie in einem Graben, in dem die anderen Sumpfdotterblumen für ihre Mütter pflückten.

Später. Nachdem sie herausgekommen war.

In dieser Zeit des Übergangs weint sie manchmal. Weint, als würde ihr das Herz zerspringen, aber nur, wenn sie allein ist. Wenn sie sich dann die Tränen abgewaschen hat, sieht sie in den Spiegel und lächelt.

In dieser Zeit sitzt sie auch manchmal nachts, wenn das Wetter es zulässt, bei weit geöffnetem Fenster auf dem Fensterbrett im fünften Stock, mit bloßen Füßen, lässt die Beine baumeln und zündet sich eine Zigarette an.

Sie sieht zu den Sternen.

Wie dunkel es dort ist. Kein störendes Straßenlicht. Die Sterne sind alle einsam, genau wie die

Menschen. Das Einzige, was sie miteinander verbindet, sind die Linien, welche die Menschen zwischen ihnen gezogen haben, um gewisse Muster zu erhalten. Dieser ewige Drang, sich in alles einzumischen, was rein und vollkommen ist. In Wirklichkeit frösteln die Sterne vor Einsamkeit. Leben ihr ganzes Sternenleben mit unzähligen anderen zusammen und sind doch einsam.

Nur wenn zwei Sterne vom Kurs abkommen, berühren sie einander ein einziges Mal. Dann siegt der größere, der kleinere zerbricht. Genau wie bei den Menschen. In winzige Einzelteile.

Irgendwie aber finden die Bruchstücke wieder zusammen. Wie bei einer geklebten Glaskugel. Mit der andere spielen können.

Alle, die Tag für Tag einfach vorbeigingen. Die hinschauten, aber nichts sahen.

Der Maler. Er hat es gesehen.

Einmal hatte sie durch die Gitterstäbe ein kleines Stück von einem Regenbogen entdeckt. Nur ein kleines Stück, das ganz allein für sich stand. Sie hatte versucht, es mit Zeigefinger und Daumen abzumessen. Es war nicht größer als ein Ohrenkneifer.

Wenn sie lange genug so dagesessen ist, beugt sie sich vor und blickt hinunter in den dunklen Hof. Wippt einen Moment lang vor und zurück, bevor sie wieder hineinklettert und das Fenster schließt. Sie holt das Fotoalbum und legt es auf den Tisch.

Füllt eine Schüssel mit warmem Wasser und steckt die eiskalten Füße hinein.

Sie blättert bis zu einem Bild, dessen Rückseite nach oben zeigt. Manchmal dreht sie das Bild um und sieht ihn an. Um stärker zu werden. Ihr einziger Fehlgriff unter all diesen Gesichtern. Sie betrachtet das schmale, sensible Gesicht mit dem auffälligen Muttermal und den glühenden Augen, die eine so starke Wirkung auf sie hatten. Diese blauen Augen voller Schmerz und Sehnsucht.

An diesem Punkt plätschert sie unruhig mit den Zehen in dem lauwarmen Wasser.

Er war einer der Ersten gewesen. Sie hatte gleich ein besonderes Gefühl gehabt, als sie ihn zum ersten Mal sah, und damals war sie nur ein kleines Mädchen gewesen.

Lange hatte sie gedacht, dass sie es sei, nach der er sich sehnte. Als sie ihren Irrtum einsah, kämpfte sie darum, seine Sehnsucht in ihre Richtung zu lenken. Sie wollte diesen bodenlosen Abgrund besitzen, der tiefer war als ihr eigener. Auch wenn sie ahnte, dass sie das teuer zu stehen kommen könnte.

Fast hätte sie sogar die innerste Tür einen Spalt weit für ihn geöffnet. Fast.

Sie hatte sich selbst verraten. Hatte zu lange weitergemacht. Viel zu lange. Sie hatte es nicht besser gewusst. Hatte sich einzureden versucht, dass sie beide trotz allem wie die anderen seien.

Sie dreht das Bild um, wenn sie das Gefühl hat, dass sie eine Warnung braucht. Sonst betrachtet sie nur die weiße Rückseite. Dort ist nichts. Dann geht es weiter bergab, bis zum endgültigen Bruch.

Die Zeit nach dem Bruch ist am schlimmsten, doch auch sehr vertraut. Ein fester Teil von ihr, dem sie nicht entkommen kann.

Sie sitzt dann wieder hinter dem Gitter, und Elisabeth kommt zu ihr und setzt sich grinsend vor ihr auf den Tisch. Erinnert sie an all das, an das sie sich nicht erinnert oder nicht erinnern will. Gräbt alles wieder aus. Sie sieht, wie das Sonnenlicht den Haufen in farbige Streifen taucht. Schmale helle Streifen und breite dunkle. Die langsam weiterwandern und immer schräger werden, bis sie verschwinden. Sie hört Kinder lachen und schreien.

Sie versucht, sich zu wehren, und klammert sich an den besten Moment, den sie hinter diesen Gitterstäben gehabt hat. Damals, als die Freundin neben ihr saß und ihre Hand hielt. Sie hatte sich erst gesträubt, aber dann hatte sie sich dem Augenblick ergeben und war einfach ruhig mit ihr dagesessen. Hier in ihrer Welt waren sie miteinander verschmolzen, und alle Orte dort draußen waren weit weg gewesen.

Die Tränenspuren im Gesicht der anderen, die Angst und die Traurigkeit in ihren Augen. All das passte so gut zu dem verborgenen Winkel tief in ihrem Inneren. Nur war dieser vollkommene Moment zu kurz gewesen, viel zu kurz.

Dieser Augenblick hatte ein Band zwischen ihnen geknüpft, das sie zu Freundinnen fürs Leben machte, obwohl sie einander nicht so häufig sahen, wie sie sich das gewünscht hätte.

Dieser Gedanke hält sie noch eine Zeit lang aufrecht, aber dann gewinnt Elisabeth die Übermacht.

Dann bleibt sie zu Hause. Verdunkelt die Fenster, schluckt Glückspillen und schläft. Bis Elisabeth wieder verschwindet.

Schließlich klettert sie langsam aus dem Dunkel nach oben. Entfernt die Vorhänge von einem Fenster nach dem anderen. Lässt sich viel Zeit, um zu Kräften zu kommen für das nächste Mal.

Es ist wie ein Wunder, zu spüren, wie das Leben zurückkehrt, wenn sie den tiefsten Punkt überwunden hat. Sie fühlt sich gereinigt, wie durch den Regen. Bereit für einen Neuanfang. Glücklich.

Denn da ist immer der Gedanke, dass beim nächsten Mal vielleicht etwas in der Tiefe lauert, das sie nicht wieder nach oben lässt. Das sie da unten festklebt, sodass sie nie wieder die Vorhänge von den Fenstern nehmen wird.

Das ihr nie wieder zu lieben erlaubt.

Ich

Er löst sich mit einem leisen Lachen von mir, lässt sich auf die leere Hälfte des Doppelbettes fallen und wischt sich mit dem Handrücken den Schweiß vom Gesicht wie ein Marathonläufer, der das Ziel erreicht hat.

»Du bringst mich noch um.«

»Das liegt in der Familie«, murmele ich. »Väterlicher- wie mütterlicherseits.«

»Ich beklage mich nicht.«

»Willst du einen guten Witz hören?«, frage ich und drehe mich auf die Seite, den Kopf auf die Hand gestützt.

Er schließt die Augen. Er antwortet nicht, und ich lasse meinen Finger über sein zufriedenes Gesicht wandern. Er wischt mich weg wie ein Insekt.

Ich betrachte meine unwillkommene Hand und ramme ihm in Gedanken eine Stopfnadel in den Leib und sehe zu, wie er sich windet. Dieser selbstzufriedene Scheißkerl.

Vielleicht sollte ich es wie das Gitter-Mädchen machen. Sie beherrscht diese Kunst bis zur Vollendung. Ich sehe sie regelmäßig, wenn ich in der Stadt bin. Ich rufe sie an, und dann treffen wir uns jedes Mal in demselben Café und reden den ganzen Nachmittag.

Ein einziges Mal nur hat sie mich zu sich nach Hause eingeladen.

Sie hatte von ihrer schönen Wohnung erzählt, daher hatte ich mich gefreut, als sie mich zu sich zum Essen einlud. Ich könne mich gern umsehen, während sie in der Küche alles fertig mache. Die Wohnung war nicht groß, aber ausgesprochen schön eingerichtet. Am besten gefiel mir das Badezimmer mit der großen Wanne. Im Schlafzimmer stand eine Vase mit Blumen auf dem Nachttisch. Wunderschöne gelbe Rosen. Die Wände waren kahl. Nur über dem Doppelbett hing ein großes, etwas verschwommenes Schwarz-Weiß-Foto. Ich trat ein wenig näher heran. Irgendetwas darauf kam mir bekannt vor.

»Das sind wir beide auf dem Dach eures Schuppens«, sagte sie.

Jetzt sah ich es. Zwei kleine Mädchen mit Strickzeug, die mit Feuereifer bei der Sache waren.

»Wer hat das Foto gemacht?«, fragte ich.

»Dein Vater. Ich habe es von dir.« Sie sah mich kopfschüttelnd an.

Das Essen war, wie alles andere, erstklassig. Wir tranken einen Merlot dazu.

Wir saßen lange beim Essen. Als wir fertig waren, legte sie ein Bachkonzert auf. Die Geigen klangen wie wohltuende Tränen. Ich setzte mich aufs Sofa, während sie einige Kerzen anzündete.

Ich sah sie an. Wie schön sie war. Die golden schimmernde Haut, die nie blass wurde. Die mandelförmigen Augen, grün und unergründlich, und dieser verletzliche Zug um den Mund, wie bei einem kleinen Mädchen.

Jedes Mal, wenn ich sie sah, wunderte ich mich, dass derart hässliche und missratene Eltern eine so schöne, vollkommene Tochter haben konnten.

Sie sah mich ernst an und setzte sich. Dann strich sie mir übers Haar, über die Wange, und ich schloss die Augen. Ich spürte ihre Lippen auf meinen Augenlidern, dann auf den Lippen. Mein Herz schlug wie eine Trommel aus uralten Welten. Aus den Tiefen der Erde.

Sie streichelte meinen Hals, knöpfte meine Bluse auf und legte ihre warme Hand auf meine Brust.

Ich schloss die Tür meiner Gedanken.

Wir haben nie darüber gesprochen, und ich bin nie wieder zu ihr nach Hause eingeladen worden.

Als ich sie zum ersten Mal fragte, ob sie einen Freund habe, lachte sie herzlich.

»Zwei Männer pro Jahr«, sagte sie. Ein halbes Jahr sei genug. Dann mache sie Schluss. Sie habe aber von allen ein Foto, setzte sie vergnügt hinzu.

Wir redeten meistens über dasselbe. Sie erzählte von ihrem Leben, und ich hörte zu. Manchmal bat sie mich, etwas von mir zu erzählen, aber ich wehrte ab.

»Da gibt es nichts zu erzählen. Dein Leben ist viel spannender.«

Bei unserem letzten Treffen hatte ich gerade den Mann meines Lebens kennengelernt, das sah sie mit einem Blick.

Jetzt war ich es, die die ganze Zeit redete. Als ich schließlich zugab, dass er verheiratet sei, wurde sie ernst, und ihre schönen Augen blickten beunruhigt.

»Bring da nicht zu viel von dir selbst ein. Binde dich nicht zu fest.«

Ich fühlte mich getroffen und ein wenig gekränkt. Was wusste sie denn schon von wahrer Liebe?

»Verliere nie die Kontrolle«, sagte sie, stand hastig auf, winkte mir zu und war verschwunden.

Wenn ich so leben wollte wie sie, dachte ich, müsste ich für jede Tür, die ich öffnete, mindestens zwei Türen schließen. Doch ob diese Methode besser war, hätte ich nicht sagen können.

»Eine Freundin von mir hat zwei Männer pro Jahr«, sage ich und fühle mich wie eine Verräterin.

Er wendet den Kopf ab und seufzt.

Ich atme tief ein. Jetzt rede ich wieder zu viel. Warum halte ich nicht einfach meinen Mund?

Wir liegen einen Augenblick schweigend da.

»Schläfst du?«

Ich zupfe an den Haaren auf seiner Brust.

»Au, lass das. Ich schlafe nicht.«

Es sollte ein besonderer Abend werden, und jetzt sind wir an demselben Punkt angelangt wie immer.

»Vielleicht ist das gar nicht so dumm, wie sie es macht«, lasse ich nicht locker.

»Blödsinn«, murmelt er.

Er setzt sich im Bett auf, und ich spüre, wie sich mein Magen zusammenzieht. Er hat diesen ungehaltenen Gesichtsausdruck.

Ich umarme ihn, doch er schüttelt mich ab.

»Ich muss los.«

Warum weiß ich nie, was ich sagen soll? Ich könnte ihm eine langen. Ihm sagen, er solle doch bitte abhauen, doch wie immer bringe ich kein Wort heraus. Die Angst, er könnte mich beim Wort nehmen, schnürt mir die Kehle zu.

Ich kannte einmal einen, der sagte:

»Du bist das Gewöhnlichste, dem ich je begegnet bin.«

Als ich später in den Spiegel sah, musste ich ihm recht geben. Vielleicht war das der Grund, warum ich einfach nicht loslassen konnte.

Was würde sie an meiner Stelle tun, sie, die früher alles nur durch Gitterstäbe sah?

Die ihre Hand durch die Streben steckte in dem vergeblichen Versuch, an zwei Löwenzahnblüten heranzukommen, die sich draußen durch eine Ritze im Asphalt gekämpft hatten, damit sie sie abreißen und zerrupfen konnte.

Was sie tun würde? Sie wäre überhaupt nicht in diese Situation gekommen. Einmal erzählte sie mir, was sie tat, wenn es so weit war:

Sie schlug die Decke zur Seite und sprang aus dem Bett.

»Was ist?« Unter der Bettdecke kam sein strubbeliger Kopf zum Vorschein, das Gesicht ein einziges Fragezeichen.

»Ich denke, du solltest jetzt gehen.« Hastig zog sie sich an. Mit verbissenem Gesicht.

»Hau ab«, sagte sie kalt und zeigte zur Tür. Sie sah Verwirrung, Enttäuschung und Wut einander ablösen und freute sich. So geschah es ihnen recht.

»Ich verstehe nicht. Was ist los? Habe ich etwas Falsches gesagt?«

Er zog sich an und musterte sie dabei. Noch war Hoffnung in seinen Augen.

»Was hast du, Schatz?«

Dann spielte sie ihren Trumpf aus und beobachtete ihn dabei genau.

»Komm bloß nicht auf die Idee, dich hier noch einmal sehen zu lassen. Es ist aus. Ich habe dich satt.«

Das saß wie beabsichtigt. Er hörte auf, sich das Hemd in die Hose zu stopfen. Jetzt war nur noch Wut da. Und Traurigkeit. Er nahm seine Jacke, ging an ihr vorbei und knallte die Tür zu.

Dann war auch er nur noch ein Foto.

Er richtet sich auf und steht auf. »Ich beeile mich lieber, sonst kriege ich Ärger.«

Es tut weh im Bauch.

»Du hast gesagt, dass du übers Wochenende bleibst. Ich habe fürs Abendessen eingekauft.«

»Es geht jetzt doch nicht.«

»Das hättest du ja etwas früher sagen können.«

Er wird ungehalten.

»Was hätte das für einen Unterschied gemacht. Du hast doch sowieso nichts anderes vor. Wir sehen uns nächste Woche wieder.«

Jetzt habe ich die Tür geschlossen. Er ist weg.

Wie immer.

Mit schleppenden Schritten gehe ich zurück ins Schlafzimmer. Stehe einen Moment lang da und blicke auf das zerwühlte Bett. Meinen Schutzraum. Ich muss das beenden.

Warum bin ich immer so aufgedreht, wenn er da ist? Warum? Weil er es so will.

Er sagt auch, dass er sie nie verlassen wird.

»Warum bist du dann hier?«, fragte ich ab und zu, aber nicht zu oft.

»Frag nicht.«

Dann ist die Grenze wieder erreicht, und ich mache einen Rückzieher und sage irgendetwas Dummes, damit er lachen muss und mich an sich drückt, bevor er hastig den Mantel anzieht.

Dann ist er weg.

Heute Abend bin ich besonders niedergeschlagen. Stehe da wie immer und spüre, wie die Kälte der Einsamkeit die Oberhand gewinnt.

Da klopft es an der Tür. Mein Herz schlägt schneller. Er kommt zurück. Es ist ihm doch eingefallen, und er will lieber bei mir sein. Will heute Nacht hier schlafen.

Doch als ich die Tür öffne, steht er mit einem ungeduldigen Lächeln vor mir.

»Ich habe meine Handschuhe vergessen. Schnell. Gib her.«

Es ist wie ein Schlag ins Gesicht, und ich wünschte, ich hätte den Mut, es ihm mit gleicher Münze heimzuzahlen. Stattdessen werfe ich ihm die Handschuhe so zu, dass sie auf dem Fußboden landen. Er runzelt die Stirn.

»Was ist denn heute Abend mit dir los?«

»Nichts. Gar nichts.« Und ich schließe langsam die Tür.

Er hat es eilig. Muss schnell zu ihr nach Hause. Mit schwerem Herzen lege ich mich wieder auf das ungemachte Bett.

Zwei Jahre sind es heute.

Zwei Wochen über der Zeit. Ich muss Gewissheit haben. Nehme das Telefon und rufe beim Arzt wegen eines Termins an. Er bittet mich, einfach vorbeizukommen und zu warten, ich komme dran, sobald sich eine Lücke ergibt.

Ich gehe unter die Dusche. Trockne mich ab und blicke in den großen Spiegel. Ich lasse das rote Handtuch sinken und streiche mir über den Bauch. Noch ist nichts zu sehen. Natürlich ist noch nichts zu sehen, aber als ich genauer hinschaue, bin ich sicher, dass man es mir schon anmerkt. Ich ziehe ein schönes, knöchellanges Kleid an und mache mich auf den Weg.

Ich fühle mich hin- und hergerissen. Einerseits voll heimlicher Erwartung und Zärtlichkeit, als würde ich unter dem Kleid ein Licht bergen. Andererseits …

Das Wartezimmer ist voll. Ich beobachte die Wartenden und versuche zu erraten, weshalb sie hier sind. Denke an alles andere als an das, was in meinen Gedanken im Vordergrund steht. Ich spüre, dass die anderen mich ansehen und wissen, warum ich hier bin. Wissen, was ich vorhabe. Voller Abscheu wenden sie sich von mir ab, und ich starre auf den Boden, um ihren Blicken auszuweichen.

Warum habe ich Turnschuhe zu dem langen Kleid angezogen? Der Fußboden des Wartezimmers hat ein Karomuster, und ich versuche, die Quadrate auf jeder Seite zu zählen. Das Wartezimmer sieht anders aus als sonst. Die Wände sind kahl. Die Bilder, die den Raum wohnlich machten, hängen nicht mehr da, alles ist grau gestrichen.

Ich blättere in einer zerfledderten Zeitschrift, aber zum Lesen fehlt mir die Ruhe. Ich drehe die Zeitschrift um und sehe, dass sie drei Jahre alt ist. Sie bebt von all den nervösen Händen, durch die sie gegangen ist.

Ein Mann empfängt mich, nicht meine Ärztin. Er trägt normale Alltagskleidung. Ich erzähle ihm von meinem Verdacht, und er bittet mich, mich auf die Liege zu legen. Er berührt meinen Bauch und fährt mir übers Haar. Dann nimmt er das kleine

Glas, das ich mitgebracht habe, zur Untersuchung mit hinaus.

Als er gegangen ist, setzte ich mich auf und blicke umher. Ein kleines Kaninchen sitzt auf der Babywaage. Ich sehe hinaus auf die Straße, wo Leute gehen, die keine Probleme haben.

Jetzt höre ich die Schritte des Arztes. Mein Herz klopft so heftig, dass ich fast ohnmächtig werde. Er steht in der Tür. Er trägt jetzt einen weißen Kittel und sieht sehr ernst aus.

Ich liege in einem Krankenhausbett und werde sehr schnell einen langen Gang entlanggefahren. Über mir rasen die Deckenlichter dahin, und mir ist schlecht. Ich will nachsehen, wer das Bett schiebt, damit ich darum bitten kann, die Geschwindigkeit zu verringern, aber ich habe nicht die Kraft, mich aufzusetzen.

Dann stehe ich in einem Raum mit Neugeborenen. Sie liegen aufgereiht in kleinen Holzkisten und sehen mich mit vorwurfsvollen Erwachsenenaugen an.

Ich laufe zur Tür, dann sitze ich auf einer grünen Wiese. Es ist Sommer, und ich pflücke Gänseblümchen für einen Kranz. Mutter hängt die Wäsche auf und taucht zwischendurch ihre Hände in warmes Wasser. Die Sonne scheint, es duftet nach Klee und warmer Erde. Ich fühle mich glücklich und geborgen. Lege mich mit dem Kopf in den Händen auf den Boden und spüre die piksenden Grashalme durch das dünne Sommerkleid. Ich blicke in den blauen Himmel, an dem weiße, weiche Wolken langsam dahinziehen.

Eine sieht aus wie ein wuscheliges Lamm, dann aber kommt eine, die dunkler ist als die anderen, sie sieht aus wie ein Gesicht, das mich drohend anblickt. Die Wolke verdeckt die Sonne, und jetzt wird es kalt und dunkel, und wieder laufe ich vor etwas weg, von dem ich nicht weiß, was es ist.

Plötzlich merke ich, wie jemand mein Bein packt, ich schreie auf und falle.

Verwirrt blicke ich mich um und sehe mich aufrecht im Doppelbett sitzen. Ich bin schweißgebadet, und mein Kiefer schmerzt, so fest habe ich die Zähne zusammengebissen. Mein Herz hämmert in der Brust. Langsam lege ich mich wieder hin und streiche dabei über das kühle Kissen auf der leeren Seite des Bettes.

Nur ein Traum. Aber böser und heftiger als sonst.

»Du bist ein Idiot. Es wird immer schlimmer. Aber mach nur weiter so«, flüstert das Gitter-Mädchen. Seltsam, wie oft sie in meinen Gedanken auftaucht. Sie kann keine Kinder kriegen. Aber sie überschminkt ihre Narben.

Heute Abend ist es so weit. Ich stehe draußen im Dunkeln und schaue in das gemütliche Wohnzimmer. Selbstkasteiung, ja. Doch wenn ich jetzt Schluss mache, will ich das volle Programm. Ohne etwas offenzulassen. Ohne etwas zu überspringen. Ohne einen Weg zurück.

Eine Stunde lang stehe ich da. Dann klopfe ich. Sie öffnet. Eine ganz gewöhnliche Frau. Um einiges älter als ich. Wir sehen einander an. Sie ist sehr schlank. Ihr Haar ist glatt und hellbraun. Sie fährt sich unablässig mit der Hand übers Haar, damit es noch glatter wird. Dann verschränkt sie die Arme vor der Brust. Als würde sie frieren. Ihre Augen sind unruhig wie ihre Hände.

Ich würde sie gern umarmen. Keine von uns sagt ein Wort.

Dann drehe ich mich um und gehe, ich höre, wie sie die Tür schließt. Ich verstecke mich wieder hinter den Büschen und warte.

Ich zittere, und mit der schneidend kalten Luft atme ich den Herbst ein. Dieses Jahr ist er ungewöhnlich früh da.

Die Blätter an den Bäumen kräuseln sich, als würden sie nicht begreifen, was vor sich geht. So wie die Frau, die in den Sechzigern stehen blieb und nicht merkte, wie die Zeit verging. Die sich erst jetzt im Spiegel sieht: die hohen Hacken, den engen Rock, das lange blondierte Haar. Ein Zerrbild dessen, was war.

Sie haben gegessen. Sich entspannt am Tisch unterhalten. Er steht auf und küsst sie auf die Wange. Jetzt soll er mich gleich treffen, und jetzt irrt er sich. Ich ziehe das Handy aus der Tasche und wähle seine Nummer. Sie geht ran.

»Für dich«, sagt sie und reicht ihm das Telefon. Er hat bereits die Jacke angezogen.

»Ich kann dich heute Abend nicht treffen«, sage ich. Meine Hände sind eiskalt.

»Was sagst du? Wann dann?« Seine Stimme klingt gereizt.

»Nie.«

»Ich komme vorbei.«

»Ich bin nicht zu Hause.«

Ich lege auf. Meine Beine zittern. Ich bleibe noch einen Moment stehen und beobachte, wie er auf und ab geht. Sie streckt die Hände nach ihm aus, aber er schlägt sie hart ins Gesicht. Dann geht er hinaus zum Wagen und rast davon.

Das Rezept des Gitter-Mädchens wirkt.

Ich schlendere im Dunkeln nach Hause, und aus dem frischen Nachtfrost springen Tausende kleiner Funken. Mir wird schwindlig. Ich fange an zu laufen. Diese gefrorenen Sternschnuppen greifen mich an, ich spüre, wie die Funken die weiße Gleichgültigkeit aufreißen. Ich muss diesem dunklen Feuer der Gefühle entkommen. Ich werfe mich auf den Boden und versuche, die Finger in den Asphalt zu graben, damit sie verschwinden, aber wohin ich mich auch wende, funkeln sie mir entgegen. Ich knie im Dunkeln und weine lange.

Eine Schneeflocke fällt, dann mehrere, und ich spüre, dass es meine Tränen sind, die von oben zurückkommen. Ich wende ihnen das Gesicht zu und lächele. Diese ganze stille Bewegung.

Ich schlinge die Arme um den Oberkörper und wiege mich, und die weißen Tränen vermischen sich mit den neuen auf meinem Gesicht.

Ich muss draußen warten. Fast zugeschneit sitzt er auf den steinernen Treppenstufen. Von Zeit zu Zeit steht er auf und hämmert gegen die Tür. Schließlich steigt er fluchend in den Wagen und fährt weg.

Endlich kann ich hinein. Blau vor Kälte. Arme und Beine sind schwer wie Blei.

Um mich aufzuwärmen, setze ich mich mit dem Rücken an die Heizung. Das Radio läuft, ich höre eine Melodie. Eine Melodie, die ich zuletzt vor vielen Jahren gehört habe. Als Kind habe ich sie oft gehört. Akkordeonmusik. Ein französisches Lied, glaube ich. Mutter hat es sehr gefallen. Vielleicht gefällt es mir deshalb ebenfalls.

Ich schließe die Augen und flüchte mich in die sonnendurchflutete kleine Küche. Alles ist ganz deutlich. Das Muster der Gardinen, der Kohleherd, der Tisch mit den Kaugummis unter der Kante, die Schramme an der gelben Tür des Spülschranks, in dem der Petroleumkanister und die Flasche mit dem rosaroten Brennspiritus stehen.

Doch das Beste von allem ist die Stimmung, die mich einhüllt. Die Selbstverständlichkeit, mit der die ganze Welt und der Tag offen vor mir liegen. Meine Gedanken wandern hinaus ins Freie. Unten an den Strand mit all seinen Geheimnissen und hinaus in die Außenmark zu den Vögeln, zur Krähenbeerenheide, zu den Seen. Ich höre das Geräusch des Milchboots, unterbrochen vom Rufen des Regenbrachvogels, und aus der Dunkelheit sickert Dankbarkeit für diese Jahre, in denen immer die Sonne schien.

Die Melodie verklingt, und das warme Gefühl zieht sich in seine grünen Schatten zurück. Abrufbereit.

Damals habt ihr mir alles bedeutet, meine Spielgefährten, wo seid ihr jetzt? So weit weg wie die Sterne am gewölbten Himmel. Gehen mit einem leichten Zwinkern aneinander vorbei und schauen dann weg. Ihr, die ich so gut kannte, dass ich euch selbst mit verbundenen Augen wiedererkennen würde, wie Schmetterlinge, die vorbeifliegen, jeden am typischen Geruch seines Zuhauses.

Aufbewahrt im Fass mit der Salzlake ganz hinten im Schuppen.

Zählte nur das Mädchen für mich? Oder habt ihr mich nicht gewollt? »Warte nur ab«, sagte das Mädchen. »Die Angst kommt auch zu dir. Sie ist überall.«

Wir saßen draußen vor dem Café und unterhielten uns. Das Wetter war zu schön zum Drinnensitzen. Die Bienen summten, und ein paar Schmetterlinge flatterten vorbei.

Ich hielt mein Gesicht in die Sonne und seufzte vor Wohlbehagen.

»Hast du nicht manchmal Angst?«, fragte sie.

»Wovor?«

»Einfach nur Angst, solche Angst, dass du wie gelähmt bist?«

Jetzt öffnete ich die Augen und sah sie an.

»Nein, ich glaube nicht, nein, nie.«

»Doch. Mindestens zwei Mal.«

»Was meinst du?«

»Das erste Mal, als du bei mir im Schuppen warst und ich dich nicht wieder hinauslassen wollte. Das zweite Mal in dieser Sommernacht damals auf dem Berg.«

Ich saß einen Moment reglos da. Überrumpelt. Es war das erste Mal in all diesen Jahren, dass sie von der Vergangenheit sprach.

Doch. Jetzt erinnerte ich mich an diesen entsetzlichen Schuppen mit den fauligen Vorratsfässern, an den Berg. Damals hatte ich solche Angst gehabt, dass ich wie gelähmt war und kein Wort herausbrachte.

Furcht, Angst, Entsetzen. Doch am größten ist das Entsetzen.

Wir waren mit einigen anderen Jugendlichen unterwegs auf den Berg, um die Sonne bei ihrem kurzen Hochsommerbad zu beobachten.

Irgendeiner meinte, es sei kürzer, am Felsgrat entlang nach oben zu klettern. Wir kamen nur mühsam voran, und plötzlich löste sich unter uns das Gestein. Jeder klammerte sich irgendwo fest.

Das Mädchen, das an diesem Tag vierzehn wurde, war wie gelähmt. Sie starrte mir in die Augen. Wie ein verirrter Seestern lag sie da, klammerte sich mit beiden Händen fest und weinte.

Einmal hatte ich zu dem Mädchen gesagt: »Die Leute sagen, du bist nicht ganz richtig im Kopf.«

»Dann bist du auch nicht richtig im Kopf, weil du mit Blumen und Steinen redest«, war ihre Antwort gewesen.

Mit dem Blick in den Abgrund beschlich mich eine erschütternde Ahnung von der Kraft und der Gleichgültigkeit der Natur. Ich spürte zum ersten Mal, dass meine kindliche Verbundenheit mit der Natur eine Illusion war. Dass sie in Wirklichkeit ein Feind war. Durch eine fratzenhafte Maske starrte mich die Ewigkeit an. Das Land war immer hier gewesen und würde unverändert hier sein, wenn ich schon lange nicht mehr da war. Wenn wir in die Tiefe stürzten, änderte das nicht das Geringste, abgesehen vielleicht von den Steinen, die wir mit uns rissen.

Auch ich war wie gelähmt. Mein Kopf fühlte sich so leicht an, als wollte er davonfliegen, und meine Kopfhaut prickelte. Aber sie hatte mehr Angst, also hörte ich auf nachzudenken.

Bergab nahmen wir den anderen Weg. Der tief liegende Nebel und das Land trugen wieder das Gewand, das ich ihnen vorher gegeben hatte. Durch das ich mich so sicher fühlte wie bei Mutter und Vater, wenn ich hinter meinem Stein saß und in die Luft starrte oder die Nase ins Gras drückte und den Duft des Daseins einatmete.

Jetzt aber lauerte ein leiser Zweifel im Hintergrund.

Ja. Auch ich hatte Angst gehabt.

»Ich sage das nur, damit du verstehst, wie es mir geht, wenn ich mit Elisabeth allein bin.«

Es lief mir jedes Mal kalt den Rücken herunter, wenn sie Elisabeth erwähnte. Sie sprach von ihr wie von einer realen Person, aber für sie war sie das wohl auch.

Sie erriet meine Gedanken und lächelte.

»Ich weiß, was du denkst, aber in der Stimmung ist sie irgendwie ein Trost in der Not. Wenn du das Beste nicht haben kannst, musst du nehmen, was da ist.«

Lange sah sie mich schweigend an, sodass ich unruhig fragte:

»Ja, und weiter?«

Sie nahm meine Hand und sagte ruhig:

»Weißt du eigentlich, wie sehr ich dich liebe und wie viel du mir in all den Jahren bedeutet hast?«

Ich fühlte mich unangenehm berührt, so wie wenn man ein Geschenk bekommt und sich nicht revanchieren kann. Ich blickte auf ihre Hand und den schlanken Arm. Er hatte mehrere blaue Flecken. Sie hatte abgenommen, seit wir uns das letzte Mal gesehen hatten.

Da war etwas, was sie mir nicht gesagt hatte.

Als sie meinen Blick bemerkte, zog sie rasch den Ärmel herunter und stand auf.

»Ich muss gehen. Alles Gute, meine Freundin«, sagte sie und fasste noch einmal mit beiden Händen meine Hand. Sie hatte Tränen in den Augen.

Wie sie von mir wegging, auf hochhackigen Schuhen, kerzengerade, mit dem langen, im leichten Wind wehenden Haar, traf es mich wie ein Schlag, dass ich sie auch liebte. Ich spürte eine Zärtlichkeit, die bis in die Jahre unserer Kindheit zurückreichte, als sie auf dem Fensterbrett im Dachgeschoss stand und gegen die Scheibe trommelte. Jemanden zum Liebhaben herbeitrommelte.

Ich stand auf und rief ihr nach, aber sie drehte sich nicht um. Winkte nur mit einer Hand. Ich sah ihr nach, bis sie zwischen den sommerlich gekleideten Menschen verschwunden war.

Ich habe das Mädchen nie wieder gesehen.

Die färöischen Inseln im Unionsverlag

»Von Inseln weiß ich …«
Geschichten von den Färöern
Herausgegeben von Verena Stössinger
und Anna Katharina Dömling

Rund 47 000 Menschen bevölkern die achtzehn schroffen, baumlosen Inseln, die zwischen Island, Schottland und Norwegen im Nordatlantik liegen. Jahrhundertelang blühte hier eine mündliche Tradition mit Balladen, Sagen und Märchen. Daraus ist eine selbstbewusste, erzähl- und experimentierfreudige Literatur auf Färöisch entstanden, die sich von ihren kleinen Inseln aus die großen Themen der Menschheit zu eigen macht.
Die vorliegende Anthologie versammelt die besten Geschichten der färöischen Literatur, von ihren Klassikern wie William Heinesen bis zur jüngsten Generation, vertreten u. a. durch Marjun Kjelnæs und Elias Askham. Für deutsche Leser wird so erstmals eine bislang kaum übersetzte Literatur in ihrer ganzen Vielfalt zugänglich.

»In dieser vom Meer umschlossenen, naturgewaltigen Welt, die sich bei der Lektüre durch ein Jahrhundert färöischer Literatur eröffnet, gibt es kein Entrinnen. Und wer aus den kollektiven Normen ausschert, wird aus der Gesellschaft ausgeschlossen. Dagegen bestehen können nur das Skurrile und Naive und die listige Fantasie.«
Anna Wegelin, WOZ – Die Wochenzeitung

Mehr über alle Bücher und Autoren auf *www.unionsverlag.com*

Auf in den Norden mit dem Unionsverlag

SABINE BARTH (HG.) *Reise nach Island*
Guðmundur Andri Thorsson taucht ins Reykjavík des 19. Jahrhunderts ein; *Wolfgang Müller* macht uns isländischen Fisch schmackhaft; *Urte Undine Frömming* begibt sich auf Spuren von Hexen und Elfen; *William Preyer* und *Ferdinand Zirkel* stapfen über dampfende Erde – und verbrennen sich dabei fast die Füße; *Jules Vernes* Romanfiguren steigen ins Innere der Erde; *Klaus Böldl* wandert auf Landstrichen, die jünger sind als er selbst. *Dies und vieles mehr über Island …*

STEFANIE LIND (HG.) *Reise nach Norwegen*
Siri Matti kennt jedes einzelne seiner Rentiere; *Hans Magnus Enzensberger* bevorzugt die versteckten Winkel Oslos; *Knut Hamsun* beschreibt die fetten Heringsjahre; *Marilyn Stern* sticht auf einem Walfänger in See; *Fridtjof Nansen* bezwingt das Meer auf dem Weg zum Norpol; *Christiane Ritter* sieht den Eisbären ins Auge; *Per Gynt* führt Trolle an der Nase herum; *Tilmann Bünz* besucht am Eismeer eine Chorprobe bei Minusgraden; *Dies und vieles mehr über Norwegen …*

GABRIELE ESCHWEILER (HG.) *Schottland fürs Handgepäck*
Compton Mackenzie hebt mit seinen Kumpanen ein versunkenes Whisky-Schiff; *Max von Eyth* trotzt in finsterer Nacht dem tosenden Sturm; *Walter Scott* lässt seinen Helden Schauriges erleben; *Justine Picardie* begleitet Coco Chanel beim Angeln; *Jimmy Boyle* erinnert sich an seine Kindheit in Glasgow; *Günther Klotz* bringt den Beweis, dass in Loch Ness ein Monster haust; *Virginia Woolf* wähnt sich auf der Isle of Skye in der Südsee. *Dies und vieles mehr aus und über Schottland …*

Mehr über alle Bücher und Autoren auf *www.unionsverlag.com*

Weiterlesen mit dem Unionsverlag

Xavier-Marie Bonnot *Die Melodie der Geister*
Der Marseiller Polizeikommandant Michel de Palma, auch »Baron« genannt, soll Licht in den Fall des Mordes an Dr. Delorme bringen, der tot an seinem Schreibtisch aufgefunden wurde, vor ihm aufgeschlagen Freuds Werk *Totem und Tabu*. 60 Jahre zuvor hat der Wissenschaftler in Neuguinea den Einheimischen Schädel und Totenmasken abgekauft. Warum fehlt in Delormes Villa einer dieser Schädel? Während die Ermittlungen laufen, kommt es zu weiteren Verbrechen an Ethnologen und Kunsthändlern. Hat Michel de Palma es mit einem manischen Mörder zu tun?
»Dies ist der Beginn einer wunderbaren Freundschaft zwischen dem Baron von Marseille und allen, die es noch ernst meinen mit dem Kriminalroman.« *Friedrich Ani*

Lucien Deprijck *Ein letzter Tag Unendlichkeit*
Im Morgengrauen eines Julitages 1750 bricht eine bunt gemischte Gesellschaft auf zu einer Lustfahrt. Die Geisteskoryphäen der Stadt haben den gefeierten jungen Dichter Friedrich Gottlieb Klopstock eingeladen, mit ihnen den Tag auf dem Boot zu verbringen. Ihr Spiel: ein amouröser Partnertausch – ein Skandal im sittenstrengen Zürich. Die Damen wie die Herren hängen an den Lippen des Dichters, der mit seinen aufsehenerregenden Poemen die Gefühlswelt für die deutsche Literatur entdeckt hat. Doch dann übermannt ihn selbst das Gefühl. Dieser Tag, der so raffiniert geplant begann, wird turbulent und droht alle Schranken zu durchbrechen. Keiner der Beteiligten wird ihn je vergessen können. Mit Klopstocks Ode »Der Zürchersee« ist er in die Literaturgeschichte eingegangen.

Weiterlesen mit dem Unionsverlag

RALPH SCHOCK (HG.) *Der liebste Ort auf Erden*

Das »stille Örtchen« – den einen ist es ein Ort des Rückzugs, der Selbstfindung, gar der Kontemplation. Andere schätzen ihn als eine für das andere Geschlecht verbotene Oase, die Gelegenheit zum Austausch unter Seinesgleichen bietet. Manchen wird er zur überraschenden erotischen Begegnungsstätte. Zuweilen stellen sich auch drängende Fragen der Etikette: Positioniert Mann sich links oder rechts von seinem Chef? Und was tut Frau, wenn das Toilettenpapier fehlt?
Vor allem aber ist es der Ort, an dem der Mensch radikal mit sich selbst konfrontiert ist. Kein Wunder, dass Schriftsteller und Dichter immer schon viel darüber erzählt haben: Persönlich, indiskret, schockierend, erhellend, erheiternd, unterhaltend.

MIA COUTO *Das Geständnis der Löwin*

Arcanjo, der letzte Sohn einer berühmten Großwildjägerdynastie, macht sich auf in ein mosambikanisches Dorf, das von menschenfressenden Löwen heimgesucht wird. Er wird begleitet von einem plappernden Möchtegern-Schriftsteller, der im Auftrag eines internationalen Erdölkonzerns eine Reportage über das Unternehmen schreiben soll.
Nach und nach entdeckt Arcanjo die dunklen Geheimnisse der Dorfgemeinschaft: Die Frauen sind Opfer brutaler Rituale, unter ihnen Mariamar, Arcanjos einstige Geliebte. Sein eigenes Leben in der fernen Hauptstadt liegt in Trümmern. Er liebt Luzilia, die Frau seines Bruders, der nach einer Schreckenstat verrückt geworden zu sein scheint. Eines Nachts wird das Dorf erneut von Löwen angegriffen.

Weiterlesen mit dem Unionsverlag

CLAUDIA PIÑEIRO *Ein Kommunist in Unterhosen*
Ein Mädchen verbringt die Ferien mit der Familie und den besten Freundinnen im örtlichen Schwimmbad und beobachtet scharfsinnig seine Umgebung. Der Blick gilt dabei vor allem dem Vater – einem eigenwilligen und gut aussehenden Mann. Niemand will ihr sagen, warum er seinen Job verloren hat und nun Turboventilatoren in der Nachbarschaft verkauft. Und welches Geheimnis verbindet ihn mit ihrer attraktiven Lehrerin?
Dann bricht auch noch die politische Realität in Form von Zensur und Verdächtigungen in die Familie ein.
Ein Roman über die Zweifel und Selbstzweifel am Beginn einer Jugend – in einer Welt, die von großen Lügen bedroht und kleinen Rätseln zuhause überschattet ist.

CAMILO SÁNCHEZ *Die Witwe der Brüder van Gogh*
Paris im Jahr 1890: Johanna van Gogh-Bonger ist mit Vincent van Goghs jüngerem Bruder Theo verheiratet, der Vincent finanziell aushält, damit dieser sich ganz seiner Kunst widmen kann. Als der Maler sich das Leben nimmt, stirbt kurz darauf auch Theo in verzweifelter Trauer. Nun stapeln sich in Johannas enger Wohnung Hunderte von Bildern van Goghs. Sie erkennt ihre Bedeutung, und ihr Leben verändert sich von Grund auf, als sie sich zunehmend in den Briefwechsel der Brüder vertieft. Beharrlich und gegen alle Hindernisse öffnet sie die ersten Türen für van Goghs Erfolg.
Camilo Sánchez erzählt von einer Witwe, die als Organisatorin, Kunsthändlerin und Herausgeberin der Welt die Stirn bot.